O fim de Eddy

Édouard Louis

O fim de Eddy

tradução
Marília Scalzo

todavia

Para Didier Eribon

Pela primeira vez meu nome pronunciado não nomeia
Marguerite Duras, *O arrebatamento de Lol V. Stein*

Livro 1
Picardia
(fim dos anos 1990 — começo dos anos 2000)

Encontro

Não tenho nenhuma lembrança feliz da minha infância. Não quero dizer que nunca, durante aqueles anos, eu tenha experimentado um sentimento de felicidade ou de alegria. Mas o sofrimento é absoluto: tudo que não entra em seu sistema, ele faz desaparecer.

No corredor, surgiram dois meninos, o primeiro alto, de cabelo ruivo, e o outro, baixinho e um pouco corcunda. O ruivo alto cuspiu *Toma isso na sua cara.*

O cuspe escorreu devagar pelo meu rosto, amarelo e denso, como esses catarros barulhentos que obstruem a garganta das pessoas mais velhas ou doentes, com um cheiro forte e nauseabundo. Risadas agudas, estridentes, dos dois meninos *Olha ele ficou com a cara toda suja esse filho da puta*. Escorre do olho até os lábios, até entrar na minha boca. Não ouso limpar. Poderia fazer isso, bastaria passar a manga da blusa. Bastaria uma fração de segundo, um gesto minúsculo para que o cuspe não entrasse em contato com os meus lábios, mas não faço nada, com medo de que se sintam ofendidos, com medo de que se irritem ainda mais.

Não imaginei que eles fariam isso. No entanto, a violência não me era estranha, pelo contrário. Eu vi, desde sempre, desde que me lembro, meu pai bêbado na porta do bar batendo em outros homens bêbados, quebrando o nariz ou os dentes deles. Homens que tinham olhado para minha mãe com muita insistência e para quem meu pai, sob o efeito do álcool, fulminava *Quem você acha que é pra olhar pra minha mulher assim, seu filho da puta imundo*. Minha mãe, que tentava acalmá-lo, *Calma querido, calma*, mas seus protestos eram ignorados. Os amigos do meu pai, que em determinado momento acabavam intervindo, era a regra, isso também era ser um amigo de verdade, um *bom amigo*, entrar na briga para separar meu pai e o outro, a vítima da bebedeira dele com o rosto todo machucado. Vi meu pai, quando uma de nossas gatas deu à luz, enfiar os gatinhos recém-nascidos em um saco plástico de supermercado e bater o saco em um muro de concreto até que o saco se enchesse de sangue e os miados cessassem. Eu o vi degolar porcos no quintal, beber o sangue ainda quente que extraía deles para fazer chouriço (o sangue em seus lábios, em seu queixo, em sua camiseta), *Isso é que é bom, o sangue que acabou de sair do animal morto*. Os gritos do porco agonizando assim que o meu pai cortava sua traqueia eram ouvidos na cidade inteira.

Eu tinha dez anos. Era novo na escola. Quando eles apareceram no corredor, eu não os conhecia. Não sabia nem o nome deles, o que não era comum naquela escola pequena com apenas uns duzentos alunos, em que todo mundo logo aprendia a se conhecer. O andar deles era lento, sorriam, não mostravam nenhuma agressividade, tanto que a princípio achei que quisessem me conhecer. Mas por que os mais velhos viriam falar comigo, se eu era novo? O pátio do recreio funcionava do mesmo modo que o resto do mundo: os grandes não se misturavam com os pequenos. Minha mãe dizia, quando falava dos operários, *Ninguém tá nem aí pra gente, o povinho, muito menos os ricaços*.

No corredor me perguntaram quem eu era, se era o *Bellegueule*, aquele de quem todo mundo falava. Eles me fizeram esta pergunta, que depois repeti para mim mesmo, incansavelmente, por meses, anos,

Você que é o viado?

Ao fazerem a pergunta, eles a gravaram em mim para sempre como um estigma, as marcas que os gregos faziam com ferro quente ou com faca no corpo dos indivíduos desviantes, perigosos para a comunidade. Impossível me livrar daquilo. Fui atingido pela surpresa, mesmo não sendo a primeira vez que me diziam algo parecido. A gente não se acostuma nunca com a injúria.

Um sentimento de impotência, de perda de equilíbrio. Sorri — e a palavra *viado* ressoava, explodia na minha cabeça, palpitava em mim na frequência das batidas do meu coração.

Eu era magro, eles devem ter calculado minha pouca capacidade de me defender, quase nula. Nessa idade, meus pais costumavam me chamar de *Esqueleto* e meu pai repetia sem parar as mesmas piadas, *Você poderia passar atrás de um cartaz sem que ele descolasse*. Na nossa cidade, o peso era uma característica valorizada. Meu pai e meus dois irmãos eram obesos, várias mulheres da família também, e sempre se dizia *É melhor do que morrer de fome, é uma doença boa*.

(No ano seguinte, cansado do sarcasmo da família sobre o meu peso, tento engordar. Comprava pacotes de salgadinhos na saída da escola com o dinheiro que pedia para minha tia — meus pais não tinham como me dar — e me empanturrava com aquilo. Eu, que até então me recusava a comer os pratos gordurosos que minha mãe preparava, justamente por medo de ficar como meu pai e meus irmãos — ela se exasperava: *Isso não vai entupir o furo da sua bunda* —, me pus de repente a engolir tudo o que passava pela frente, como esses insetos que se deslocam em nuvens e fazem sumir paisagens inteiras. Ganhei uns vinte quilos em um ano.)

Primeiro eles me empurraram com a ponta dos dedos, sem muita brutalidade, sempre rindo, sempre com a cusparada no meu rosto, depois cada vez mais forte, até baterem minha cabeça contra a parede do corredor. Eu não disse nada. Um segurou meu braço, enquanto o outro me chutava, cada vez sorrindo menos, cada vez mais sérios em seus papéis, os rostos expressando cada vez mais concentração, raiva, ódio. Eu me lembro: os chutes na barriga, a dor provocada pelo choque da minha cabeça na parede de tijolos. É um elemento em que a gente não pensa, a dor, o corpo sofrendo de repente, ferido, machucado. A gente pensa — diante desse tipo de cena, isto é, olhando de fora — na humilhação, na incompreensão, no medo, mas não pensa na dor.

Os chutes na barriga me sufocavam e minha respiração ficou travada. Abri a boca o máximo possível para que o oxigênio entrasse, inflei o peito, mas o ar não queria entrar; tive a impressão de que meus pulmões tinham subitamente se enchido de uma seiva compacta, de chumbo. Eu os senti pesados de uma hora para a outra. Meu corpo tremia, parecia não me pertencer mais, não responder mais ao meu comando. Como um corpo envelhecido que se liberta da mente, é abandonado por ela e se recusa a obedecê-la. O corpo que se torna um fardo.

Eles riam enquanto meu rosto ficava vermelho por causa da falta de oxigênio (o natural nas classes populares, a simplicidade dos pobres que gostam de rir, os *bons vivants*). Meus olhos se enchiam de lágrimas, involuntariamente, a visão embaçava, como acontece quando engasgamos com saliva ou com alguma comida. Eles não sabiam que era o sufocamento que provocava minhas lágrimas, achavam que eu estava chorando. Ficaram nervosos.

Senti o hálito deles quando se aproximaram de mim, o cheiro de laticínios podres, de animal morto. Os dentes, como os meus, provavelmente nunca eram escovados. As mães da cidade não cuidavam muito da higiene bucal dos filhos. Dentista era muito caro e a falta de dinheiro acabava sempre se transformando em escolha. As mães diziam *Tem coisa mais importante na vida mesmo*. Pago até hoje, com dores atrozes, com noites sem dormir, por essa negligência da minha família, da minha classe social, e ouviria anos depois, chegando a Paris, na École Normale, colegas me perguntarem *Mas por que seus pais não te levaram a um ortodontista?* Minhas mentiras. Eu responderia que meus pais, intelectuais boêmios, se preocupavam tanto com a minha formação literária que às vezes negligenciavam minha saúde.

No corredor, o ruivo alto e o baixinho um pouco corcunda gritaram. As injúrias se alternavam com os chutes e com o meu silêncio. *Bicha, viado, arrombado, boiola, invertido, pederasta, mulherzinha, maricas* ou *homossexual, gay*. Algumas vezes nos cruzávamos na escada cheia de alunos ou então no meio do pátio. Eles não podiam me bater na frente de todo mundo, não eram estúpidos, poderiam ser expulsos. Eles se contentavam em me xingar, apenas *viado* (ou outra coisa). Ninguém em volta prestava atenção, mas todo mundo ouvia. Acho que todo mundo ouvia porque me lembro dos sorrisos de satisfação que apareciam no rosto dos outros no pátio ou no corredor, como o prazer de ver e ouvir o ruivo alto e o baixinho um pouco corcunda fazerem justiça, dizerem o que todo mundo pensava e cochichava quando eu passava, e eu ouvia *Olha, é o Bellegueule, a bichona*.

Meu pai

Meu pai. Em 1967, o ano em que ele nasceu, as mulheres da nossa cidade ainda não iam ao hospital. Davam à luz em casa. Quando o trouxe ao mundo, ela estava em um sofá impregnado de pó, de pelos de cachorros e de gatos, de sujeira por causa dos sapatos constantemente cobertos de lama que não eram tirados na entrada. Na cidade há estradas, claro, mas também muitos *caminhos de terra* que ainda são usados, onde as crianças vão brincar, estradinhas de terra e de pedra não asfaltadas que ladeiam as plantações, calçadas de terra batida que nos dias de chuva ficam parecendo areia movediça.

Antes de ir para a escola, eu ia várias vezes por semana andar de bicicleta nos *caminhos de terra*. Prendia um pedaço de papelão no aro da bicicleta para que ela fizesse um barulho de moto quando eu pedalava.

O pai do meu pai bebia demais, *pastis* e vinho em garrafões de cinco litros, como a maioria dos homens na nossa cidade. Bebidas que eles compravam na mercearia, que além disso acumula também as funções de café e de tabacaria, de padaria. É possível fazer compras ali a qualquer hora, é só bater na porta dos donos. Eles atendem.

Seu pai bebia demais e, uma vez bêbado, batia em sua mãe: ele se virava de repente para ela e a insultava, jogava sobre ela todos os objetos que tinha ao alcance das mãos, às vezes até uma cadeira, e depois a agredia. Meu pai, muito pequeno, preso em seu corpo insignificante de criança, olhava-os, impotente. Acumulava raiva em silêncio.

Ele não me dizia nada disso. Meu pai não falava, pelo menos não sobre essas coisas. Minha mãe se encarregava disso, era seu papel de mulher.

Numa manhã — meu pai tinha cinco anos —, o pai dele foi embora para sempre, sem avisar. Minha avó, que também transmitia as histórias da família (sempre o papel das mulheres), me contou. Anos depois, ela ria disso, feliz, finalmente, de ter ficado livre do marido. *Ele saiu um dia de manhã para trabalhar na fábrica e nunca mais voltou pra janta, a gente esperou*. Ele era operário da fábrica, era quem sustentava a casa e, quando desapareceu, a família ficou sem dinheiro, com comida insuficiente para seus seis ou sete filhos.

Meu pai nunca esqueceu, ele dizia na minha frente *Aquele filho da puta imundo que abandonou a gente, que largou minha mãe sem nada, eu cago pra ele.*

Quando o pai do meu pai morreu, trinta e cinco anos mais tarde, nesse dia estávamos na sala, diante da televisão, em família.

Meu pai recebeu uma ligação da irmã dele ou do asilo onde o pai acabou seus dias. A pessoa ao telefone disse *Seu pai morreu hoje de manhã de câncer, mais especificamente de uma fratura no quadril depois de um acidente; a ferida não evoluiu bem, tentamos de tudo, mas não foi possível salvá-lo*. Ele tinha subido numa árvore para podar os galhos e cortou aquele em que estava sentado. Meus pais riram tão alto quando a pessoa disse essa frase ao telefone que precisaram de um tempo para retomar o fôlego. *Cortar o galho em que estava sentado, aquele idiota, só ele pra fazer isso*. O acidente, o quadril fraturado. Quando foi avisado, meu pai explodiu de alegria, disse para minha mãe *Ele acabou morrendo, aquele traste*. Também: *Vou comprar uma bebida pra comemorar*. Ele iria comemorar seus quarenta anos alguns dias mais tarde e eu nunca o tinha visto tão feliz, dizia que teria dois acontecimentos para celebrar com poucos dias de intervalo, duas oportunidades para *encher a cara*. Passei a noite com eles, sorrindo como uma criança que reproduz o estado em que vê os pais, sem na verdade saber por quê (nos dias em que minha mãe chorava eu a imitava também, sem entender por quê; eu chorava). Meu pai chegou até a comprar refrigerante para mim e uns biscoitinhos salgados que eu adorava. Nunca soube se ele sofreu em silêncio, ele sorriu ao saber da morte de seu pai assim como se pode sorrir ao receber uma cusparada na cara.

Meu pai parou de estudar muito novo. Preferiu as noites nos bailes das cidades vizinhas e as brigas que invariavelmente as acompanhavam, as viagens de mobilete — dizia-se *motoca* — até os lagos, onde passava vários dias e pescava, os dias na oficina reformando a mobilete, *envenenar a moto* para deixá-la mais potente, mais rápida. Mesmo quando ia ao colégio acabava sendo expulso na maior parte das vezes, por conta das provocações que fazia aos professores, xingamentos, faltas.

Ele falava muito das brigas. *Eu era durão quando tinha quinze, dezesseis anos, brigava o tempo todo na escola e nas festas e tomava todas com meus amigos. A gente não tinha nada a perder, a gente se divertia, e é verdade, naquele tempo, se uma fábrica me mandava embora, eu achava outra, não era igual a hoje.*

Ele havia abandonado seu curso profissionalizante para trabalhar como operário na fábrica da cidade que produzia peças de latão, como seu pai, seu avô e seu bisavô tinham feito antes dele.

Os durões da cidade, que encarnavam todos os atributos masculinos tão celebrados, recusavam-se a se submeter à disciplina escolar, e era importante para ele ter sido durão. Quando meu pai dizia que um dos meus irmãos ou um dos meus primos era *durão*, eu percebia a admiração em sua voz.

Minha mãe, um dia, disse a ele que estava grávida. Foi no começo dos anos 1990. Ela ia ter um menino, eu, o primeiro filho deles. Minha mãe já tinha outros dois de seu primeiro casamento, meu irmão e minha irmã mais velhos; concebidos com seu primeiro marido, alcoólatra, morto em consequência de cirrose hepática e encontrado dias depois, caído no chão, com o corpo parcialmente decomposto e repleto de vermes, sobretudo sua face decomposta, que exibia a ossatura de seu maxilar, onde se agitavam as larvas, um buraco, ali, do tamanho de um buraco de golfe, no meio do rosto ceroso e amarelado. Meu pai ficou muito feliz. Na cidade era importante, além de ter sido durão, também saber transformar seus filhos em durões. Um pai reforçava sua identidade masculina por meio dos filhos, aos quais devia transmitir seus valores viris, e meu pai faria isso, ele faria de mim um durão, era seu orgulho de homem que estava em jogo. Ele decidiu me dar o nome de Eddy por causa das séries americanas que via na TV (sempre a TV). Com o sobrenome que me transmitia, Bellegueule, e com todo o passado que esse nome carregava, eu me chamaria, portanto, Eddy Bellegueule. Um nome de durão.

Os trejeitos

Muito rápido destruí as esperanças e os sonhos do meu pai. Desde os primeiros meses de vida, o problema foi diagnosticado. Parece que nasci assim, ninguém nunca entendeu a origem, a gênese, de onde vinha aquela força desconhecida que me dominou desde que nasci, que me fez prisioneiro do meu corpo. Quando comecei a me expressar, a aprender a falar, minha voz espontaneamente adotou entonações femininas. Ela era mais aguda que a dos outros meninos. Cada vez que eu começava a falar, minhas mãos se moviam freneticamente, em todas as direções, se torciam, se agitavam no ar.

Meus pais chamavam isso de *modos*, eles me diziam *Para com esses modos*. Eles se perguntavam *Por que o Eddy se comporta como uma mulherzinha?* Eles mandavam: *Se acalma, para com esses gestos exagerados de louca*. Achavam que eu tinha escolhido ser afeminado, como se tivesse adotado uma estética própria para desagradá-los.

No entanto, eu também não sabia por que eu era assim. Era dominado, subjugado por aqueles trejeitos, e não escolhi a voz aguda. Não escolhi nem meu jeito de andar, o balanço do quadril da direita para a esquerda quando me movia, pronunciado, muito pronunciado, nem os gritos estridentes que escapavam do meu corpo, que eu não soltava, mas que literalmente escapavam da minha garganta quando eu ficava surpreso, maravilhado ou com medo.

Eu costumava ir para o quarto das crianças, escuro, já que não tínhamos luz nesse cômodo (não havia dinheiro suficiente para colocar uma iluminação de verdade, pendurar um lustre ou apenas uma lâmpada: o quarto só tinha uma luminária de mesa).

Pegava as roupas da minha irmã e vestia para desfilar, experimentando tudo o que era possível experimentar: saias curtas, longas, de bolinhas ou listradas, camisetas acinturadas, decotadas, usadas, rasgadas, sutiãs de renda ou com bojo.

Essas apresentações, das quais eu era o único espectador, me pareciam, então, as mais lindas que eu já vira. Eu teria chorado de alegria de tanto que me achava lindo... Meu coração poderia explodir de tão acelerado.

Depois da euforia do desfile, sem fôlego, me sentia de repente idiota, sujo com aquelas roupas de menina que eu usava, não apenas idiota, mas com nojo de mim mesmo, atordoado com aquela explosão de loucura que me levara a me travestir, como nos dias em que a embriaguez e a desinibição produzem comportamentos ridículos, lamentados no dia seguinte, quando os efeitos do álcool desaparecem e tudo o que resta de nossos atos é uma lembrança dolorosa e envergonhada. Eu pensava em picotar as roupas, queimá-las, enterrá-las num lugar onde ninguém achasse.

Meus gostos também, sempre automaticamente ligados aos gostos femininos, sem que eu soubesse ou compreendesse por quê. Eu gostava de teatro, das cantoras pop, de bonecas, enquanto meus irmãos (e até, de certo modo, minhas irmãs) preferiam os video games, o rap e o futebol.

À medida que eu crescia, sentia sobre mim os olhares cada vez mais pesados do meu pai, o terror que o invadia, sua impotência diante do monstro que havia criado e que, a cada dia, confirmava um pouco mais sua anomalia. Minha mãe parecia em choque com a situação e logo largou mão. Muitas vezes achei que um dia ela iria embora, deixando apenas um bilhete sobre a mesa explicando que não aguentava mais, que não tinha pedido aquilo, um filho como eu, que não estava preparada para viver aquela vida e que exigia seu direito de ir embora. Em outros dias, achava que meus pais iriam me levar para a beira de uma estrada ou para o fundo de um bosque e me deixar lá, sozinho, como se faz com os animais (eu sabia que não fariam isso, era impossível, eles não chegariam a esse ponto; mas eu pensava nisso).

Desamparados diante daquela criatura incompreensível, meus pais tentavam obstinadamente me pôr no caminho certo. Eles se irritavam, me diziam *Tem alguma coisa errada com ele, não bate bem da cabeça*. Na maior parte do tempo, me chamavam de *mulherzinha*, e *mulherzinha* era, de longe, o xingamento mais violento para eles — isso que eu digo era perceptível pelo tom que empregavam —, o que expressava a maior repulsa, muito mais do que *imbecil* ou *estúpido*. Naquele mundo em que os valores masculinos haviam sido eleitos como os mais importantes, até minha mãe dizia de si mesma *Eu tenho culhões, não deixo barato*.

Meu pai achava que o futebol iria me endurecer e sugeriu que eu jogasse, como ele fazia em sua juventude, como meus primos e meus irmãos. Resisti: já naquela idade eu queria fazer dança; minha irmã fazia. Eu me imaginava num palco, pensava nos collants, nas lantejoulas, nas multidões me aclamando e eu agradecendo, pleno, coberto de suor — mas sabendo a vergonha que isso representava nunca confessei meu desejo. Outro menino na cidadezinha, Maxime, que fazia dança porque seus pais, sem que ninguém entendesse a razão, o obrigavam, suportava a gozação dos outros. Seu apelido era *Bailarina*.

Meu pai me implorou *Pelo menos é de graça e você vai estar com seu primo, com seus amigos da cidade. Tenta. Por favor, tenta.*

Aceitei ir uma vez, bem mais por medo das represálias do que por vontade de agradá-lo.

Fui e voltei mais cedo que os outros, porque após o treinamento tínhamos que ir ao vestiário para trocar de roupa. E então descobri, com pânico e horror (e eu poderia já ter pensado nisso, todo mundo sabe dessas coisas), que as duchas eram coletivas. Voltei para casa e disse a ele que não podia continuar, *Não quero mais ir, não gosto de futebol, não é a minha praia*. Ele insistiu por algum tempo, depois desistiu.

Eu estava com ele, estávamos indo ao bar, quando meu pai cruzou com o presidente do time de futebol, que chamávamos de *Cachimbo*. O *Cachimbo* perguntou a ele, naquele tom que as pessoas adotam quando estão surpresas, uma sobrancelha erguida, *Mas por que seu filho não está mais indo?* Vi meu pai baixar os olhos e balbuciar uma mentira, *Ah, ele está meio doente*, com, naquele momento, a sensação inexplicável que atravessa uma criança confrontada com a vergonha de seus pais em público, como se o mundo perdesse em um instante todos os seus fundamentos e seu sentido. Vendo que o *Cachimbo* não tinha acreditado, ele tentou se corrigir: *E, bom, sabe como é, ele é meio especial, o Eddy, enfim, não especial, meio esquisito, o que ele gosta é de ficar na dele vendo TV*. E acabou admitindo com ar tristonho, um olhar fugidio, *Bom, enfim, acho que ele não é muito de futebol.*

Fora de casa, na cidadezinha do Norte de cerca de mil habitantes onde cresci, acho que posso afirmar que eu era um garotinho bastante popular. Além disso, havia tudo que se conta sobre uma infância no campo, que era agradável para mim: as longas caminhadas nos bosques, as cabanas que construíamos, os fogões a lenha, o leite quente fresco da fazenda, as brincadeiras de esconde-esconde no milharal, o silêncio calmo das ruazinhas, a senhora que distribuía balas, as macieiras, as ameixeiras, as pereiras em todos os jardins, a explosão de cores no outono, as folhas que cobriam as calçadas, os pés presos, atolados, nessas montanhas de folhas; as castanhas que caíam nessa mesma época, no outono, e as batalhas que organizávamos. As castanhas machucavam muito, eu voltava para casa coberto de manchas roxas, mas não me queixava, pelo contrário. Minha mãe dizia *Espero que você tenha deixado mais manchas nos outros do que deixaram em você, é desse jeito que sabemos quem ganhou.*

Não era raro eu ouvir *Ele é meio especial, o menino Bellegueule* ou provocar sorrisos jocosos naqueles com quem eu falava. Apesar disso, ser o esquisito da cidade, o afeminado, suscitava um tipo de fascinação divertida que me protegia, como Jordan, meu vizinho martinicano, o único negro em quilômetros, para quem diziam *Eu não gosto de negros mesmo, é verdade, e é só o que se vê agora, eles arrumam problema por todo lado, fazendo guerra em seus países ou vindo pra cá colocar fogo nos carros, mas você, Jordan, você é do bem, você não é igual a eles, a gente gosta de você.*

As mulheres da cidade parabenizavam minha mãe, *Ele é bem-educado, o seu filho Eddy, não é como os outros, isso logo se vê.* E minha mãe ficava orgulhosa, ela me parabenizava também.

Na escola

A escola mais próxima a que tínhamos acesso de ônibus, a quinze quilômetros da cidade, era um prédio grande feito de aço e com aqueles tijolos vermelhos que evocam no imaginário as cidades e as paisagens operárias do Norte, com casas geminadas, amontoadas umas sobre as outras (no imaginário daqueles que não estão lá. Daqueles que não vivem nelas. Para os operários do Norte, para meu pai, meu tio, minha tia, para eles, elas não evocam nada no imaginário. Evocam a aversão à vida cotidiana, no máximo uma triste indiferença). Essas casas, esses prédios grandes avermelhados, essas fábricas austeras com chaminés altíssimas que cospem continuamente, sem nunca parar, uma fumaça compacta, pesada, de um branco brilhante. Se a escola e a fábrica se pareciam tanto, era porque apenas um passo separava uma da outra. A maioria das crianças, especialmente os durões, saía da escola e ia diretamente para a fábrica. Eles encontravam ali os mesmos tijolos vermelhos, as mesmas telhas de aço, as mesmas pessoas com quem tinham crescido.

Minha mãe um dia me revelou a evidência. Eu não compreendia e perguntei para ela, com quatro ou cinco anos, com a inocência das perguntas que as crianças fazem, a violência levando os adultos a resgatarem do esquecimento as perguntas que, por serem as mais essenciais, parecem as mais fúteis.

Mamãe, a fábrica para, ela dorme à noite?

Não, a fábrica não dorme. Ela nunca dorme. É por isso que o papai e o seu irmão mais velho vão à noite pra fábrica, pra ela não parar.

Então eu também vou ter que ir lá na fábrica à noite?
Vai.

Na escola tudo mudou. Me vi cercado de pessoas que eu não conhecia. Minha diferença, aquele jeito de falar como menina, meu jeito de andar, minhas posturas punham em xeque todos os valores que os haviam moldado, eles que eram durões. Um dia no pátio, Maxime, um outro Maxime, pediu que eu corresse ali, na frente dele e dos meninos com quem ele estava. Ele disse aos outros *Vocês vão ver que ele corre como uma bicha*, garantindo, jurando que eles iam rir. Como me recusei, ele explicou que eu não tinha escolha, pagaria por isso se não lhe obedecesse, *Eu estouro a sua cara se você não fizer isso*. Corri na frente deles, humilhado, com vontade de chorar, com a sensação de que minhas pernas pesavam centenas de quilos, que cada passo era o último que eu conseguiria dar, de tão pesadas que elas estavam, como as pernas de quem corre contra a corrente num mar agitado. Eles riram.

Desde minha chegada à instituição, perambulei todos os dias pelo pátio, tentando me aproximar dos outros alunos. Ninguém queria falar comigo: o estigma era contagioso; ser amigo do *viado* não pegava bem.

Eu perambulava sem deixar transparecer a errância, andava num passo seguro, dando sempre a impressão de estar buscando um objetivo preciso, de me dirigir a algum lugar, tanto que era impossível para quem quer que fosse perceber a marginalização que eu sofria.

A errância não podia durar, eu sabia. Encontrei um refúgio no corredor da biblioteca, deserto, e me refugiava lá cada vez com mais frequência, depois todos os dias, sem exceção. Com medo de ser visto ali, sozinho, esperando o fim do recreio, eu sempre tomava o cuidado de mexer na mochila quando alguém passava, de fingir que procurava alguma coisa, para que acreditassem que eu estava ocupado e que minha presença naquele lugar era passageira.

No corredor apareceram os dois garotos, o ruivo alto e o baixinho meio corcunda. O ruivo alto cuspiu *Toma isto na sua cara*.

A dor

Eles voltaram. Apreciaram a tranquilidade do lugar onde tinham certeza de que me encontrariam sem correr o risco de serem surpreendidos pela inspetora. Eles me esperavam ali todo dia. Todo dia eu voltava, como se tivéssemos marcado um encontro, um trato silencioso. Eu não ia lá para afrontá-los. Não era nem coragem nem qualquer tipo de audácia que me levava ao corredor — um corredorzinho com a pintura branca descascada, cheirando a produtos de limpeza industriais usados nos hospitais e nas prefeituras.

Apenas esta ideia: aqui ninguém vai nos ver, ninguém vai saber. Era preciso evitar que eu apanhasse em outros lugares, no pátio, na frente das pessoas, evitar que os outros garotos me vissem como aquele que apanha. Eles confirmariam suas suspeitas: *Bellegueule é um viado, já que apanha* (ou o contrário, não importa). Eu preferia passar a imagem de garoto feliz. Eu me transformei no melhor aliado do silêncio e, de certa forma, em cúmplice daquela violência (e não posso deixar de me perguntar, anos depois, sobre o sentido da palavra *cumplicidade*, sobre as fronteiras que separam a cumplicidade da participação ativa, da inocência, do descuido, do medo).

No corredor eu ouvia quando eles se aproximavam, como — minha mãe havia me contado, não sei se era verdade — um cachorro que reconhece o passo de seu dono entre milhares de outros, a distâncias inimagináveis para um ser humano.

Um assobio rompe os meus tímpanos quando minha cabeça bate na parede de tijolos, custo a manter o equilíbrio. Naquela época, intermináveis dores de cabeça me paralisavam dias inteiros. Achando, já naquela idade, que minha vida seria curta, eu me imaginava acometido de um tumor no cérebro (vi uma jovem da cidade morrer lentamente. Primeiro, magra e alta, depois, em algumas semanas, perdeu o cabelo, ganhou quilos. Cada vez mais curvada sobre si mesma e empurrada na cadeira de rodas por seu marido. Disforme e sem poder falar, morreu durante meu primeiro ano na escola, no inverno dos meus dez anos).

Eles puxam meu cabelo, sempre a lancinante melodia das ofensas *viado, arrombado.* As vertigens, os tufos de cabelo louro nas mãos deles. O medo de chorar e irritá-los ainda mais.

Achei que acabaria me acostumando com a dor. De certo modo, os homens se acostumam com a dor, como os operários se acostumam com as dores nas costas. Às vezes, sim, a dor assume a dianteira. Eles não se acostumam tanto assim, se acomodam, aprendem a escondê-la. Lembranças do meu pai, que, tomado pela dor, urrava, soltava gritos agudos a noite inteira no quarto ao lado por causa de seus problemas nas costas, chorava até, e do médico que vinha lhe aplicar injeções de cortisona antes das perguntas aflitas da minha mãe, *Mas como a gente vai fazer para pagar o doutor?* Minha mãe, que dizia (também) *Essa dor nas costas da nossa família é genética e aí com a fábrica fica pior*, sem perceber que esses problemas não eram a causa, mas a consequência do caráter exaustivo do trabalho da fábrica.

As mulheres que trabalham no caixa — pois são trabalhos geralmente reservados às mulheres, os homens acham isso degradante — se acostumam com os pulsos e as mãos paralisados, com as articulações erodidas numa idade em que outras mulheres estão começando a estudar, a sair no fim de semana, como se a juventude não fosse nada além de um dado biológico, de uma simples questão de idade ou de momento de vida, e sim um tipo de privilégio reservado aos que podem — devido à sua situação — aproveitar todas as experiências, todas as emoções que reunimos sob o nome de *adolescência*. Minha prima, caixa como muitas outras garotas da nossa cidade e das cidades do entorno que se tornavam caixas, com vinte e cinco anos já me dizia que não aguentava mais, *Não aguento mais. Estou acabada*, mesmo assim, sem se queixar muito, ela acrescentava, sistematicamente, que tinha sorte de trabalhar, que não era preguiçosa, *Não posso dizer que sou infeliz, conheço gente que não tem trabalho ou tem um trabalho mais duro, eu não sou preguiçosa, vou trabalhar todos os dias, chego sempre na hora.* À noite, ela tinha que mergulhar as mãos na água morna para acalmar as articulações doloridas, a doença dos caixas. Noites em claro por causa de seu corpo encurvado pelas dores, *Dói pra levantar e abaixar, pra levantar e abaixar*. A gente não se acostuma tanto assim com a dor.

O ruivo alto e o outro um pouco corcunda me deram um último chute. Foram embora de repente. Logo estavam falando de outro assunto. Frases banais, insípidas — e essa constatação me feria: eu contava menos na vida deles do que eles na minha. Eu, que dedicava a eles todos os meus pensamentos, minhas angústias, desde que acordava. A capacidade deles de me esquecer tão rápido me afetava.

O papel de homem

Não sei se os garotos do corredor teriam qualificado seu comportamento como violento. Na nossa cidade os homens nunca diziam essa palavra, ela não existia em suas bocas. Para um homem a violência era uma coisa natural, óbvia.

Como todos os homens da cidade, meu pai era violento. Como todas as mulheres, minha mãe se queixava da violência do marido. Ela reclamava principalmente do comportamento do meu pai quando ele bebia *A gente nunca sabe o que vai acontecer com o seu pai quando ele bebe. Pode ser um bêbado apaixonado, e aí ele é cansativo, pegajoso até, ele me deixa tonta com seus beijos e seus Eu te amo, gatinha, ou pode ser um bêbado malvado, e aí eu não aguento, porque ele não para de me chamar de gorda, enorme ou velha. Ele não me larga*. Algumas vezes, como naquela véspera de Natal em que meu irmão caçula o irritou pedindo para mudar o canal da televisão, seu mau humor se transformou em furor. Em dias assim, ele se levantava. Ficava ali em pé e imóvel. Fechava os punhos com força e seu rosto de repente ficava roxo. E também: as lágrimas enchiam seus olhos (elas só apareciam com a bebida, nos outros dias ele conseguia se controlar: ser um homem, não chorar) e os murmúrios incompreensíveis. Ele começava dando voltas em torno da mesa, andando sem parar. Não era o andar de um homem entediado, que está refletindo, mas o andar de um homem que não sabe o que fazer com sua raiva. Então, ia até uma parede, meio ao acaso, e dava um soco nela com força. Depois de vinte anos nessa casa, as paredes estavam cheias de buracos. Minha mãe os escondia com os desenhos que meu irmão e minha irmã menores traziam para ela da creche. Os dedos marrons do meu pai, por causa do barro quando ele batia na parede, começavam a sangrar. Ele se desculpava, *Eu posso estar nervoso, mas vocês não precisam ter medo, não precisam ter medo de mim, eu amo vocês, vocês são meus filhos e minha mulher, não se preocupem, eu só bato na parede, nunca vou bater na minha mulher e nos meus filhos, posso estragar todas as paredes da casa, mas não vou fazer como o arrombado do meu pai, que quebrava a cara da família toda.*

A obsessão que ele tinha de manter distância da imagem de seu pai o levou a ter aversão ao meu irmão mais velho, que era violento inclusive com pessoas chegadas a ele. Meu pai julgava seu comportamento de forma severa, com raiva até. Depois de tirar o diploma do curso técnico, meu irmão mais velho parou de ir à escola e logo começou a beber. Ele era o *bêbado malvado*.

Soubemos disso por meio de uma das garotas com quem ele saía havia alguns meses. Ela telefonou para meus pais de madrugada e deixou tocar insistentemente, até acordá-los. Minha mãe atendeu. Eu a ouvi — por conta da falta de portas — falando na cozinha (sala, sala de jantar...). Ela pedia para repetir, se indignava, *O quê, hein, repete, não é verdade, ah, que idiota.* E em seguida gritos, interjeições de todo tipo.

Ela chamou meu pai, atordoada, em choque. Era a primeira vez que isso acontecia, a primeira de uma interminável série de cenas extremamente parecidas — nos mínimos detalhes.

Ela gritou *Acorda, ele fez mais uma idiotice, mas dessa vez é grave, verdade, é grave. Ele bebeu e bateu na namorada, ela me contou pelo telefone, Estou cheia de hematomas e sangrando, estou quase desfigurada, ela disse, Sinceramente, eu amo seu filho, te respeito e não queria causar problemas, mas vou ter que prestar queixa, sou obrigada, porque também tenho filhos, que ele me bata até pode ser, bom, mas não nos meus filhos, tenho medo pelos meus filhos. Você sabe, seu filho quando bebe fica violento, ele me bate, e não foi a primeira vez, mas hoje ele foi longe demais. Antes eu não disse nada pra não te perturbar.* A companheira do meu irmão foi ao médico para que ele visse a marca dos socos que ela tinha levado, os hematomas espalhados pelo seu corpo. Ela prestou queixa e meu irmão mais uma vez teve que fazer serviço comunitário.

Minha irmã mais velha viveu essa experiência ao contrário. Foi como um espelho, uma simetria perfeita que se desenharia entre ela e meu irmão mais velho, entre o masculino e o feminino. Ela se envolveu com um garoto que morava a poucas ruas de nossa casa — as garotas da cidade normalmente se envolvem com garotos da cidade ou que moram a poucos quilômetros dali. Ele vinha visitá-la de mobilete antes de ter carro. A mobilete era uma arma de conquista para os durões, que impressionavam as meninas andando sobre uma roda só ou derrapando na frente delas, levando-as na garupa, *Você viu, a minha moto é boa.*

Eles logo foram morar juntos, num apartamento pequeno — sempre na cidade, sempre em ruas próximas. Ele não trabalhava. Minha mãe não aprovava aquela relação, achando indecente uma mulher sustentar um homem, *Ela não pode morar com um preguiçoso que vive às custas dela e que se aproveita do dinheiro dela. O homem da casa é ele.*

Foi minha mãe quem percebeu os socos que esse garoto dava na minha irmã. Ela estava voltando da padaria da cidade onde minha irmã trabalhava como vendedora. Minha mãe achou que ela estava estranha, não muito bem, lívida, *Ela tava branca que nem a minha bunda*, e afirmava *Acho, não tenho certeza, mas também não estou louca, tenho quase certeza, porque é minha filha, troquei a fralda dela, eu vejo o que não tá certo. Não sou idiota. Vi que ela tava com uma mancha embaixo do olho, como se o outro tivesse dado uma surra nela.*

No dia seguinte minha irmã foi à casa dos meus pais. Ela foi ver um filme, conversar um pouco com a minha mãe, *Pelo menos com mulher dá pra jogar conversa fora*. Ela tinha mesmo uma mancha roxa e amarelada sob o olho direito. Meus pais se mantiveram calados alguns minutos depois de ela chegar, até que meu pai disse — seria mais adequado dizer *até que ele explodiu* —, mas de modo falsamente calmo, sem elevar a voz, com uma espécie de brutalidade dominada, de violência controlada, *E o que é essa mancha embaixo do seu olho?* O desespero no olhar da minha irmã, a gagueira. Antes de falar qualquer palavra, nós já sabíamos que ela estava mentindo. Disse que não era nada de mais, *Não é nada, eu caí da escada e bati num móvel*, depois fez uma brincadeira qualquer para disfarçar o embaraço, pois já tinha se dado conta de que sabíamos que estava mentindo, *Enfim, vocês me conhecem, eu não presto atenção em nada, sou bem idiota às vezes*. Meu pai continuou olhando para ela cada vez mais irritado, conseguindo cada vez menos disfarçar o que sentia. A raiva deformava seu rosto como quando ele socava as paredes. Perguntou se ela estava de brincadeira com a cara dele. Disse que não queria mais vê-la se ela continuasse com aquele garoto, e ele não a viu por vários meses. Nós sabíamos que sua reação era desproporcional: minha irmã não era a responsável por aquilo. Porém, mais uma vez ele não conseguiu controlar sua irritação. Aliás, ele pouco tentava fazer isso, e até se vangloriava, *Eu sou nervoso, não deixo barato, e quando fico nervoso, fico nervoso*. Era seu papel de homem. Ele gostava, principalmente, dos dias em que minha mãe se encarregava disso, em que dizia *O que é que você quer então? Ele é assim, o Jacky é homem, os homens são assim, ele se irrita fácil, não consegue se acalmar rápido*. Em dias como esse, ele fingia que não estava ouvindo minha mãe, mas um sorriso orgulhoso se desenhava em seus lábios.

Ele entrou em conflito com seu papel de durão uma única vez, foi em uma briga entre ele e meu irmão, sendo que, eu já disse, meu pai tinha como ponto de honra não levantar a mão para ninguém da família, ao contrário do pai dele.

Nós voltávamos da quermesse que acontecia em setembro na nossa cidade (apenas um ou dois carrosséis, não era uma quermesse grande, como se imagina). Esse era o momento do ano em que os homens podiam beber até tarde da noite no bar sem ter que se justificar para suas mulheres, que, em geral, quando não era época de quermesse, iam buscar os maridos à noite nas mesas do bar quando eles demoravam *Seus filhos estão te esperando para comer, e o salário da fábrica você gasta bebendo*.

Nessa noite festiva, meu pai ficou no bar com meu irmão mais velho e o outro, o mais novo.

Eu não fiquei com eles por causa do horror que aquele lugar, onde os homens bêbados comentavam sobre a atualidade e as últimas histórias da cidade, me inspirava. E por causa do hálito avinagrado deles quando falavam comigo e cobriam meu rosto de saliva, como fazem os homens bêbados, homens que, toda vez, sem fugir à regra, acabavam expressando seu ódio pelos homossexuais.

Meu pai e meu irmão mais velho bebiam juntos, quando de repente meu irmão menor desapareceu. Eles o chamaram. Não se preocuparam imediatamente, acharam que ele talvez tivesse ido soltar fogos de artifício perto dos carrosséis, como eles haviam feito anos antes. As mesmas experiências reproduzidas de modo idêntico pelos habitantes da cidade, geração após geração, e sua resistência a qualquer forma de mudança, *Só assim a gente se diverte de verdade*.

Aos poucos a festa foi se esvaziando, o bar também. Havia apenas um punhado de pessoas. Meu pai e meu irmão mais velho começaram, então, suas buscas pela noite, quando os cheiros das florestas do entorno ressurgiram. Um perfume de terra fresca, úmida, de cogumelos, de pinheiros. Eles gritaram o nome dele, *Rudy, Rudy*, sem resposta. Perguntaram aos outros *Você não viu ele?*, criando de repente uma grande busca que mobilizou todos os moradores que ainda estavam por ali. Nós os víamos se dividir pelas ruas da cidade, em que se propagava como um eco o nome *Rudy, Rudy*. Seu nome aparecia, florescia por todo lado. Toda a cidade se pôs a entoar esse nome e cada *Rudy* pronunciado fazia nascer outros, cada vez mais numerosos.

Meu pai ficou preocupado por causa das histórias de sequestro de que ouvia falar na televisão. A pedofilia era um mito que atormentava a cidade. Quando o telejornal noticiava um caso de pedofilia no Norte, perto de nós, meus pais me proibiam de sair de casa por vários dias. *Precisava arrancar as bolas de caras como esses, fazer eles engolirem as bolas e depois matar todos eles, não entendo por que a pena de morte foi proibida. De verdade, é uma besteira fazer isso, agora tem cada vez mais estupradores*, e minha mãe *Ah, é, não sei por que não matam esse tipo de gente.* Minha mãe havia se juntado à busca, chorava e gritava *Ah, meu filho, o que aconteceu com ele, ele não pode ter sido raptado, porque a gente vê cada vez mais caras que raptam uma criança e que depois estupram ou matam ela.*

Alguém nos chamou enfim.

Meu irmão caçula estava em frente à nossa casa, sentado na escada. Ele explicou que ficou cansado. Tinha vindo descansar, esperando os outros voltarem. Meus pais choravam. Abraçaram Rudy, dizendo que ele não devia fazer isso de novo. Meu irmão, o mais velho, se enraiveceu. Ele tinha bebido demais. Questionou insistentemente meu irmão menor; por que tinha feito aquilo? Meu irmão menor não dizia nada, paralisado diante daquele monstro de carne que era meu irmão mais velho, um metro e noventa, cento e dez quilos, talvez mais, não apenas um duplo, mas um triplo queixo que se agitava quando falava. Ele se dirigiu aos meus pais para criticar a frouxidão deles. *Ele precisa de uma surra, uma boa surra pra não esquecer, é assim, é só desse jeito que ele vai virar homem.* Ele não conseguia ficar quieto nem se acalmar, dizendo que, quando era menor, apanhava se tinha um mau comportamento, que não havia sido educado do mesmo jeito, *E, pior ainda, a vida e tudo mais não eram a mesma coisa. A gente tinha menos dinheiro e era uma vergonha quando precisava pedir esmola ou quando ia ao Restaurant du Coeur pegar comida.*

(Nós íamos mesmo, uma vez por mês, buscar pacotes de comida distribuídos para as famílias mais pobres. Fiquei conhecido pelos voluntários, que, quando íamos até lá, me davam sempre barras de chocolate a mais, além daquelas a que tínhamos direito, *Ah, aqui está o nosso Eddy, como vai?*, e meus pais me exortavam ao silêncio, *Não precisa contar, não mesmo, que vamos no Restaurant du Coeur, isso é para ficar entre nós.* Eles não percebiam que fazia muito tempo que eu já tinha entendido, sem que precisassem me dizer, a vergonha que aquilo representava, que eu não falaria daquilo por nada neste mundo.)

No Restaurant du Coeur ou quando comia todo dia os peixes que o papai pescava porque a gente não tinha como comprar carne, isso eles não conheceram. Quantas vezes isso acontecia, ter que pedir esmola. Ele mentia, a bebida o fazia mentir. Ele nunca foi obrigado a pedir esmola. *A gente foi criado pra ser durão, não pra ser maricas, e quando a gente fazia alguma besteira não era assim, não era fácil. E olha só no que deu.* Ele se virou para mim com os olhos injetados de sangue, baba escorrendo pelo rosto, arrotos, a ponto de vomitar a cada palavra que cuspia. *Olha só o Eddy, o jeito que ele foi criado e como ele é agora. Ele se comporta igual a uma mulherzinha.*

Eu fingi surpresa, como sempre, para que os outros pensassem que era a primeira vez que alguém me dizia algo daquele tipo. Um erro de diagnóstico. Que meu irmão era louco e que, se minha mãe ou meu pai já tinham pensado a mesma coisa, aquilo deveria ser uma doença de família.

Ele queria evitar que meu irmão caçula também se tornasse, como eu, uma mulherzinha. E eu passava pela mesma aflição. Meu irmão mais velho não sabia, mas eu não queria que Rudy apanhasse na escola e estava obcecado pela ideia de fazer dele um heterossexual. Eu me dediquei, desde que ele era bem pequeno, a um trabalho sério: repetia para ele sem parar que os meninos gostam das meninas, às vezes até dizia que a homossexualidade era algo nojento, *extremamente repugnante*, que podia levar à danação, ao inferno ou a uma doença.

De repente ele veio para cima de mim, gritando *Eu vou acabar com você, acabar*. Minha mãe se atirou sobre ele para me proteger. Ela contaria essa história depois, dizendo que não deixa por menos, que não é por ser mulher que vai ter medo *Não tenho medo de homem nenhum, mesmo ele sendo enorme, o seu irmão, ele é grandão até de um jeito grosseiro, mas eu não sou como certas pessoas sem culhões que ficam paradas sem fazer nada.*

Ela interveio e o segurou antes que ele conseguisse me bater. Ela tentava fazê-lo se calar, gritando mais alto do que ele para encobrir seus berros, tão alto que sua voz se distorcia, *Ah, isso não, você não vai encostar no seu irmãozinho, você não vai machucar ele, só faltava essa, você bater no seu irmãozinho. Calma, fica calmo. Além do mais, não é você que vai me falar como eu devo criar os meus filhos, criei cinco filhos e não é você que vai me dizer o que eu devo fazer ou deixar de fazer, espera só quando você tiver os seus filhos*. Meu irmão me encarava e brandia os punhos, tentando afastar minha mãe, que resistia. Como minha mãe o impedia de alcançar seu objetivo, ele a empurrou, primeiro com calma, depois com mais violência ou, pelo menos, com mais e mais brutalidade. *Não encosta no seu irmão, não encosta nele*. Ele levantou a mão para ela. Então meu pai interveio. Eu não sei dizer o que ele estava fazendo durante todo aquele tempo, durante o tempo em que minha mãe segurava o meu irmão. Acho que ele também estava gritando para o meu irmão parar. Ele deve ter pensado que minha mãe conseguiria acalmá-lo. Achava que as mulheres são dotadas de uma personalidade mais gentil que a dos homens, como atestavam as cenas em que as mulheres apartavam as brigas dos maridos na porta do bar. (*Chega, chega de besteira, vocês parem de socar um a cara do outro*, e os maridos continuavam a se debater, enquanto as mulheres os puxavam pelo braço, *Vou quebrar a cara dele, vou deixar ele desfigurado*, antes de caírem em si e dizer às mulheres *Perdão, querida, perdão, eu não devia ter me irritado desse jeito, mas ele que começou, ele realmente procurou, eu não podia deixar passar*.)

Meu pai afastou meu irmão a tempo de conseguir impedi-lo de acertar minha mãe. Não era tanto a raiva, mas essa engrenagem impensável que o levava a perguntar a meu irmão o que estava acontecendo com ele, por que queria me matar e bater na mãe dele. Em seguida implorou; eu assisti a essa cena, desestabilizado: eu não estava acostumado a ver meu pai implorar a ninguém, menos ainda a seus filhos, a quem ele lembrava quase diariamente sua autoridade, *Nesta casa quem manda sou eu*. Ele pediu que meu irmão relaxasse, tranquilizando-o: meu irmão tinha sido criado da mesma maneira que nós, os mais jovens, com a mesma educação. Jurou para ele que nunca nos fora dado nenhum privilégio, *Não faço diferença entre vocês*, mesmo não sendo o pai biológico do meu irmão mais velho e da minha irmã mais velha. Disse que tinha amado os dois tanto quanto a nós, *E quando tivemos o Eddy, as pessoas da minha família diziam Ah, você deve estar feliz, Jacky, é seu primeiro filho e, além do mais, você tem sorte, é um menino, e eu respondia Não, não. O Eddy não é o meu primeiro filho, tenho outros dois que são mais velhos, e eles não são meios-filhos. Ou a gente tem filho ou não tem, mas não meio-filho, isso não dá. Isso não existe.*

Meu irmão mais velho, Vincent, não o ouvia. Ele continuou, latiu, gaguejou, me dirigiu ofensas de todos os tipos durante o monólogo do meu pai. Era demais para ele. Queria alcançar seu objetivo, me acertar, enfim. Minha mãe sentiu essa mudança, essa vontade repentina de acelerar a ação (ela contaria esta história: *Eu logo vi que naquele momento aquilo ia desandar, o Vincent, estou acostumada com o gênio dele, fui eu que coloquei ele no mundo*), ela me pediu que eu fosse me esconder no banheiro e me trancasse lá, trancasse a porta, *Eddy, corre pro banheiro e tranca a porta*. A impaciência de Vincent ganhou. Ele bateu no meu pai. Meu pai não queria se defender, se recusava, não queria bater no filho. Ele havia lhe dado uns tapas algumas vezes, em mim também, para castigá-lo quando meu irmão tinha respondido para ele, a *crise da adolescência*... mas não queria bater nele naquele contexto, não queria participar de uma briga de verdade com seu filho. No início ele deixou Vincent bater, tentando apenas segurá-lo, amortecendo os socos o máximo possível. Eu estava no banheiro, tremendo, não vi nada disso. Minha mãe me contou no dia seguinte.

E então a luta. Meu pai foi obrigado a se defender. Eu ouvi as vozes que se misturavam, os gritos da minha mãe suplicando para meu irmão não bater no meu pai, para parar, e ele, meu pai, desamparado, chorando, se contentou em perguntar para o outro entre dois gritos de dor (o problema nas costas) *Mas o que tá acontecendo? O que tá acontecendo com você?* Vincent, enfim, *Vocês não são meus pais, morram, eu não ligo, vocês podem morrer.*

Não ouvi mais Vincent. Ele fugiu, tendo entendido, de repente, a gravidade da situação. Quando saí do banheiro, meu pai soluçava, deitado no chão. Ele não conseguia mais se levantar nem se movimentar. Vi a tensão em seu corpo imóvel, sobretudo em seus olhos, é ali que aparece a tensão quando um corpo é subitamente paralisado, os esforços inúteis para se levantar, *Puta que pariu, eu não vou conseguir andar nunca mais na minha vida, estou sentindo isso, merda, estou sentindo.* Minha mãe me pediu, com a respiração acelerada, em pânico, horrorizada, como se eu ainda visse a sombra de Vincent em seu olhar, para ajudá-la a levantar meu pai. Eu estava acostumado a carregar meu tio paralisado quando ele caía de sua cama de hospital. A segurar suas pernas enquanto outra pessoa segurava os braços. Tentamos levantá-lo, sem sucesso. *Um belo de um bicho*, disse minha mãe. Ele gritava ao menor movimento de seu corpo.

Minha mãe me disse que devíamos chamar o médico, não tínhamos escolha, as costas do meu pai estavam travadas e, ela sabia, só as injeções poderiam aliviá-lo.

O médico chegou cerca de uma hora mais tarde. Ele lhe aplicou algumas injeções, como minha mãe havia previsto. Meu pai ficou deitado na mesma posição por mais de dez dias, e o médico voltava diariamente para dar mais injeções e tranquilizá-lo, *Vai melhorar, sr. Bellegueule*. A resposta dele: *Ah, não, não acredito, acho que agora, doutor, ou eu vou passar a vida inteira como um vegetal ou vou ficar aqui deitado.*

Minha mãe me avisou numa tarde, enquanto meu pai esperava o médico, que ele queria me dizer alguma coisa. Fiquei surpreso, acostumado ao silêncio entre nós. Ela também tinha uma expressão de surpresa, revirando os olhos para cima. Fui até o quarto.

Eu me aproximei. Meu pai me deu alguma coisa, um anel, sua aliança. Pediu que eu a colocasse, que cuidasse dela, *Porque estou sentindo, preciso dizer isso pra você, o papai vai morrer, eu sinto que não vou aguentar muito tempo. Preciso dizer também uma coisa, que eu te amo e que você é meu filho, seja como for, meu primeiro filho*. Eu não achei isso, como se poderia pensar, bonito e emocionante. O *eu te amo* dele me causou repulsa, aquelas palavras tinham para mim um caráter incestuoso.

Retrato da minha mãe pela manhã

Minha mãe. Ela não via o que acontecia comigo na escola. Às vezes me fazia perguntas de um jeito indiferente e distante, para saber como tinha sido meu dia. Não fazia isso com frequência, não era o jeito dela. Era uma mãe, quase contra sua vontade, essas mães que foram mães muito cedo. Tinha dezessete anos quando ficou grávida. Seus pais lhe disseram que o comportamento dela não fora nem prudente nem muito adulto, *Você devia ter tomado mais cuidado*. Ela precisou interromper seu curso profissionalizante de cozinheira e abandonar a escola sem diploma, *Tive que parar de estudar, mas eu tinha capacidade, eu era muito inteligente, poderia ter sido uma ótima aluna, continuar meu curso profissionalizante e fazer outras coisas depois*.

Tudo acontecia assim na nossa cidade, as mulheres tinham filhos para se tornar mulheres, ou não o seriam de verdade. Eram consideradas lésbicas, frígidas.

As outras mulheres comentavam na saída da escola *Aquela lá com essa idade e nunca teve filhos, ela não deve ser normal. Deve ser lésbica. Ou frígida, mal comida.*

Depois eu iria entender que em outros lugares uma mulher realizada é uma mulher que cuida de si mesma, de sua carreira, que não tem filhos muito cedo, muito jovem. Ela tem até mesmo, de vez em quando, o direito de ser lésbica na adolescência, não por muito tempo, mas durante algumas semanas, alguns dias, apenas para se divertir.

Minha irmã, incisiva, de personalidade forte (ter que, como minha mãe, ser uma mulher forte para sobreviver num mundo masculino), se queixava desse papel de mãe que minha mãe não cumpria, criticando-a por não fazer nada com ela, não compartilhar nada com ela, fazer compras e todas essas coisas que todas as mães e filhas deveriam fazer juntas. Minha mãe, envergonhada, ficava com raiva, não queria conversa, *Não me enche*, ou então permanecia em silêncio diante das críticas da minha irmã, e depois vinha me dizer, só para mim, que não entendia por que minha irmã era tão má com ela, que adoraria fazer, como ela dizia, umas comprinhas com sua filha, mas que — *e sua irmã sabe, afinal a gente vive sob o mesmo teto, ela não é burra* — o cansaço a impedia, tudo o que precisava fazer em casa, cuidar do filho e da filha caçulas, preparar as refeições e fazer a faxina, e que, de qualquer forma, seria inútil passar os dias nas lojas, já que não poderia comprar nada.

Minha mãe fumava bastante de manhã. Eu era asmático e tinha crises terríveis de vez em quando, que me empurravam para um estado mais perto da morte do que da vida. Alguns dias eu ia dormir com a impressão de que não acordaria no dia seguinte, precisava mobilizar esforços colossais e indescritíveis para encher meus pulmões com um pouco de oxigênio. Minha mãe, quando eu dizia que o cigarro piorava minha dificuldade de respirar, se irritava, *Querem que a gente pare de fumar, mas toda essa merda, essa fumaça toda que sai da fábrica, e que a gente respira não é a melhor coisa do mundo, então o pior não é o cigarro, não é isso que vai fazer diferença*. Ela se irritava e ficava nervosa o tempo todo.

Era uma mulher que costumava estar com raiva. Reclamava sempre que podia, protestava o dia inteiro contra os políticos, as reformas que reduziam os auxílios sociais, contra o poder, que ela detestava profundamente. No entanto, apelava para esse mesmo poder que ela detestava quando se tratava de repressão: repressão contra os árabes, o álcool e as drogas, os comportamentos sexuais que julgava escandalosos. Ela dizia com frequência *Tinha que ter um pouco de ordem nesse país*.

Anos depois, lendo a biografia de Maria Antonieta escrita por Stefan Zweig, eu pensaria nos moradores da cidade da minha infância e, em particular, na minha mãe, quando Zweig fala das mulheres enraivecidas, destruídas pela fome e pela miséria, que, em 1789, foram a Versailles para protestar e que, ao verem o monarca, começaram a gritar espontaneamente *Viva o rei!*: seus corpos — tomando a palavra delas — divididos entre a submissão mais completa ao poder e a revolta permanente.

Ela é uma mulher com raiva, mas não sabe o que fazer com esse ódio que nunca a abandona. Protesta sozinha na frente da televisão ou com as outras mães na saída da escola.

A cena cotidiana que imaginamos: uma pracinha (há pouco asfaltada), um monumento em homenagem aos mortos da Primeira Guerra Mundial, como existe em muitas cidades, recoberto com musgo e hera na base. A igreja, a prefeitura e a escola em volta da praça. A praça, deserta na maior parte do tempo. As mulheres que se encontram diariamente cerca de meio-dia para buscar os filhos que saem das aulas. Elas não trabalham. Algumas trabalham, mas na maior parte do tempo cuidam dos filhos, *Eu cuido das crianças*, e os homens trabalham, eles *lidam* na fábrica ou em outros lugares, o mais comum é na fábrica que empregava grande parte dos moradores, a fábrica de latão na qual meu pai tinha trabalhado e que regia a vida da cidade.

Ela ligava a televisão toda manhã. Todas as manhãs se pareciam. Quando eu acordava, a primeira imagem que surgia para mim era a de dois meninos. O rosto deles se desenhava na minha mente e, era inevitável, quanto mais eu me concentrava naqueles rostos, mais os detalhes — nariz, boca, o olhar — me escapavam. Só guardava deles o medo.

Eu não conseguia me concentrar e minha mãe não podia — eu entendo: ela não era capaz de — imaginar que fosse possível não se interessar pela televisão. A televisão sempre fez parte de sua paisagem. Nós tínhamos quatro numa casa pequena, uma em cada quarto e uma no único cômodo em comum, e gostar ou não dela não era uma questão. A televisão havia sido, como o idioma ou a maneira de se vestir, imposta a ela. Nós não comprávamos os televisores, meu pai os pegava no lixo e os consertava. Quando, no ensino médio, fui morar sozinho em outra cidade e minha mãe constatou a ausência de televisão na minha casa, achou que eu tinha ficado louco — o tom de sua voz demonstrava a ansiedade, a desestabilização perceptível daqueles que de repente se confrontam com a loucura: *Mas o que você faz nos seus dias se não tem televisão?*

Ela insistia para que eu assistisse à televisão como meus irmãos e irmãs *Vê um desenho animado, vai fazer bem, ajuda a desestressar antes da escola. Não sei por que a escola faz isso com você, não serve pra nada. Fica calmo.*

Diante das minhas crises matinais de estresse, minha mãe ficou preocupada e chamou o médico.

Ele determinou que eu tomasse umas gotas várias vezes ao dia para me acalmar (meu pai dava risada, *Como no hospício*). Minha mãe respondia, quando a pergunta era dirigida a ela, que eu sempre fui nervoso. Talvez até hiperativo. Era a escola, ela não entendia por que eu dava tanta importância àquilo. Ela me dizia que por eu ser tão ansioso, por me agitar na minha cadeira, eu a deixava também ansiosa, então ela fumava ainda mais no pequeno cômodo comum, enquanto eu tentava me concentrar no desenho animado. Ela tossia, uma tosse cada vez mais violenta, *Vou acabar morrendo se isso continuar. Tô te falando, eu vou passar dessa pra melhor.*

Às vezes eu era tomado por tremores, arrepios que iam da parte de baixo das costas à nuca, imperceptíveis para minha mãe, enquanto eu tinha a impressão de estar sendo sacudido por convulsões incontroláveis. Eu achava que podia dominar o tempo. Realizava cada atividade matinal (ir ao banheiro, preparar um chocolate quente — com água, se faltasse leite —, escovar os dentes — nem sempre —, me lavar e não tomar banho, minha mãe avisava. Ela repetia *A gente não pode tomar banho todos os dias, no chuveiro, não tem água quente suficiente. A gente só tem uma caixa-d'água quente pequena e uma família de sete pessoas, é muito, é demais para uma caixa pobrinha. E nem me venha querendo abrir o seu bocão, Bellegueule, pra dizer qualquer coisa, me responder. Não se responde pra mãe, é fazer o que ela manda. E ponto-final. Não venha me dizer que você só precisa encher o reservatório depois do banho, já tô vendo você abrindo a boca para dizer isso, seu espertinho. Eu te conheço. Você sabe muito bem quanto custa a conta de água, de luz, a gente não pode pagar isso.* E a brincadeira que minha mãe sempre fazia: *Tenho contas para pagar, não tenho um amante na companhia de eletricidade.* Nos dias de banho, minha mãe mandava a gente não esvaziar a banheira depois de sair, para que os cinco filhos pudessem se lavar ali mesmo, um de cada vez, sem consumir mais água e energia. O último — e eu fazia tudo que estivesse ao meu alcance para evitar que fosse eu — herdava uma água marrom e imunda).

Eu realizava cada uma dessas atividades cotidianas o mais devagar possível. Atrasar artificialmente a hora da chegada ao pátio e depois ao corredor. Todos os dias a esperança renovada, sem acreditar nela de verdade, de perder o ônibus que nos levava à escola. Uma mentira para mim mesmo.

Algumas vezes por mês minha mãe me autorizava a não ir à escola para que eu a ajudasse nas tarefas da casa. *Amanhã você não vai pra escola, mas vai me ajudar a limpar a casa, porque tô cansada de esfregar o tempo todo, de fazer tudo aqui. Tô de saco cheio de ser a escrava dessa casa.* Ela me autorizava a não ir se eu ajudasse meu pai a cortar lenha para o inverno e a guardar a lenha em um galpão especialmente feito para isso por ele e meu tio — os invernos do Norte, longos e difíceis, precisavam de várias semanas de preparativos por conta do péssimo isolamento das casas e dos aquecedores a lenha — ou se eu cuidasse do meu irmão e irmã mais novos, Rudy e Vanessa, enquanto ela passava a noite na vizinha. Ela voltava bêbada com a vizinha, as duas faziam piadas de lésbicas, *Eu vou comer a sua xoxota, sua vagabunda.* Faltar à escola era uma recompensa.

Outra vizinha, Anaïs, que queria ser simpática, vinha me buscar para irmos juntos ao ponto de ônibus. Eu não sabia como fazê-la entender que detestava essa atenção. Ela me fazia apertar o passo, enquanto eu gostaria de ir o mais devagar possível, fazer desvios. Por ser menina, Anaïs tinha mais facilidade de ser minha amiga. As meninas são mais facilmente perdoadas por falar com viados. Nessa época, meus raros amigos eram, na verdade, amigas. Amélie ou Anaïs, eu as encontrava no ponto de ônibus ou nas plantações que cercavam a cidade para brincar um pouco. Minha mãe, preocupada com essas amizades (os meninos deviam ter amigos para jogar futebol e não amigas), tentava se tranquilizar e tranquilizar as pessoas à nossa volta. No entanto, além da incerteza, eu percebia uma espécie de mal-estar quando ela falava do assunto. Ela dizia às outras mulheres, tentando afastar, fazer desaparecer o que tinha o hábito de dizer o restante do tempo em particular: *O Eddy é um verdadeiro dom-juan, você sempre vai ver ele com meninas, nunca com meninos. Todas querem estar com ele. Certeza que ele nunca vai ser viado, esse aí.* Anaïs, de qualquer modo, era uma menina um tanto peculiar, que ria do que as pessoas diziam. Ela tinha aprendido a tirar sarro de tanto ouvir o que as mulheres falavam sobre sua mãe na praça *A mãe dela dá pra todo mundo, ela trai o pai dela, todo mundo viu ela transando com os operários do canteiro de obras da prefeitura. É uma puta.*

Anaïs e eu passávamos na frente da fábrica, na frente dos operários que fumavam antes do trabalho ou durante o intervalo, quando estavam trabalhando desde a madrugada.

Eles fumavam em qualquer circunstância, no meio da neblina tão característica do Norte ou sob a chuva. Mesmo aqueles que ainda não haviam começado a jornada já tinham o rosto — a cara —, já tinham a cara encovada, devastada pelo cansaço antes mesmo de começarem a trabalhar. No entanto, riam, faziam piadas sobre as mulheres ou sobre os árabes, as preferidas. Eu olhava para eles, me projetava naquele mesmo lugar, impaciente para largar a escola o mais rápido possível, contando várias vezes por semana, várias vezes por dia, o número de anos que me separava do nono ano, aquele em que eu não precisaria mais pegar o caminho da escola, pensando em estar ali, na fábrica, em ganhar dinheiro e não ir mais à escola. Não veria mais os dois garotos. Minha mãe não conseguia disfarçar sua irritação quando eu lhe contava meu desejo de sair da escola com dezesseis anos. *Estou te avisando que você vai continuar na escola, porque se você largar vão cortar meus abonos de família, e eu não posso viver sem.*

Se, naqueles dias, era a urgência do cotidiano (o dinheiro que faltava) que dava impulso às suas reações mais espontâneas, ela também expressava, regularmente, o desejo de me ver estudando, de ir mais longe do que ela, quase suplicante, *Não quero que você precise batalhar que nem eu, eu fiz besteiras e me arrependo, engravidei com dezessete anos. Depois disso só ralei, fiquei aqui e nunca fiz mais nada. Nada de viagens nem nada. Passei a minha vida inteira arrumando a casa e limpando a merda dos meus filhos ou dos velhos de quem cuido. Fiz besteira.* Ela achava que tinha cometido erros, fechado um caminho, sem querer isso de verdade, para um destino melhor, uma vida mais fácil e mais confortável, longe da fábrica e das preocupações permanentes (ou melhor: da ansiedade permanente) de não administrar direito o orçamento da família — apenas um passo em falso poderia levar à impossibilidade de comermos no fim do mês. Ela não entendia que sua trajetória, que ela chamava de seus *erros*, entrava, pelo contrário, num conjunto de mecanismos perfeitamente lógicos, quase definidos antecipadamente, implacáveis. Ela não se dava conta de que sua família, seus pais, irmãos, irmãs e até seus filhos, e a quase totalidade dos moradores da cidade, haviam passado pelos mesmos problemas, que o que ela chamava, portanto, de *erros* eram, na realidade, apenas a mais perfeita expressão do desenvolvimento natural das coisas.

Retrato da minha mãe por meio de suas histórias

Minha mãe passava muito tempo me contando alguns episódios de sua vida ou da vida do meu pai.

Sua vida a entediava e ela falava para preencher o vazio dessa existência que era apenas uma sucessão de momentos de tédio e de trabalhos extenuantes. Ela foi por muito tempo *mãe e dona de casa*, como me pedia para escrever nos documentos oficiais. Ela se sente ofendida, marcada pelo *sem profissão* impresso na minha certidão de nascimento. Quando meu irmão e minha irmã caçulas estavam grandes o suficiente para tomar conta de si mesmos, ela quis trabalhar. Meu pai achava degradante, como se isso questionasse seu status de homem; era ele quem devia sustentar a casa. Ela desejava isso ardentemente, a despeito da dureza dos trabalhos para os quais poderia se candidatar: a fábrica, a faxina ou o caixa de supermercado. Ela lutou. De certo modo, também lutou contra si mesma, contra aquela força esquiva, indescritível, que a levara a pensar que era degradante para uma mulher trabalhar quando seu marido estava desempregado (meu pai tinha perdido o emprego na fábrica, voltarei a falar disso). Depois de longas discussões, meu pai por fim aceitou e ela começou a dar banho em idosos, deslocando-se pela nossa cidade de casa em casa, com sua bicicleta enferrujada, vestindo um impermeável vermelho que tinha sido do meu pai muitos anos antes, roído pelas traças e, claro (pelo tamanho do meu pai), grande demais para ela. As mulheres da cidade riam disso, *Tá chique a mãe Bellegueule com esse casaco enorme*. Quando, um dia, minha mãe ganhou mais do que meu pai, um pouco mais de mil euros, enquanto ele ganhava apenas setecentos, ele não aguentou. Disse que era inútil e que ela devia parar, que nós não precisávamos daquele dinheiro. Setecentos euros para sete bastariam.

Ela falava muito, longos monólogos; eu poderia colocar outra pessoa no meu lugar e ela continuaria sua história. Só queria ouvidos para escutá-la e ignorava todas as observações. Eu ligava a televisão enquanto ela falava comigo. Ela não se desestabilizava, continuava. Eu aumentava o volume. Não adiantava. Meu pai não aguentava mais *Você está deixando a gente tonto, gorda, como você é tagarela*. Ela monologava como as mulheres na praça da cidade, de modo que seria possível supor que era uma doença que se propagava entre as mulheres. Quando elas se encontravam na praça na frente da escola, produzia-se um encadeamento de intermináveis frases superpostas, sem que ninguém ouvisse nada de verdade.

Uma história que ela contava com frequência para quem quisesse ouvir: antes de me dar à luz ela tinha perdido um bebê. Foi inesperado, havia perdido a criança no banheiro, tinha acontecido assim, sem aviso, numa tarde em que tentava limpar a casa, e a poeira, de fato, nunca desaparecia — culpa das plantações próximas e dos tratores que passavam o dia inteiro, deixando montanhas de terra, a terra se infiltrava nas casas, as paredes da casa desmoronavam, a voz desesperada da minha mãe *Mesmo limpando, nunca fica limpo, não dá vontade de se esforçar num barraco tão podre*.

Ele caiu na privada.

Era uma história que, anos depois, a divertia muito. Seu sorriso evidenciava sua pele envelhecida, amarelada, sua voz, que se tornara grave, rouca, por causa do cigarro, sua voz alta demais também, as pessoas lhe diziam (e eu alguns dias era autorizado a fazer isso pelo meu pai) *Para de gritar quando fala. Fecha a boca, em boca fechada não entra mosquito.*

Minha mãe é uma mulher que adora rir. Ela insistia fortemente neste ponto *Eu gosto muito de dar risada, não fico fingindo que sou uma madame, eu sou simples.*

Não sei o que ela sentia quando me dizia essas coisas. Não sei se mentia, se sofria. Por que então repetia isso sempre, como justificativa? Talvez quisesse dizer que, é óbvio, não era uma *madame* porque não podia ser. *Ser uma mulher simples*, enfim, isso se o orgulho não for a primeira manifestação da vergonha. O que explicava também, de vez em quando, *Vocês entendem, quando a gente trabalha limpando a bunda dos velhos*, era a expressão que ela usava, *na vida eu limpo a bunda dos velhos, velhos que estão morrendo* (a piada, sempre a mesma, nesta parte da história: *Basta uma onda de calor ou um surto de gripe, e eu fico desempregada*), as mãos *na merda* todas as noites, e ganhar apenas para encher a geladeira, a *geladeira* (os arrependimentos que minha mãe não podia deixar de expressar *Cinco filhos, eu deveria ter parado antes, sete bocas pra alimentar é muito difícil*). As dificuldades para falar corretamente o francês por causa de uma experiência infeliz, humilhante, na escola, *Eu não pude continuar por causa do seu irmão, e, de qualquer forma, eu não gostava muito mesmo.* Ela não dizia sempre *Eu poderia ter continuado a estudar, poderia ter um diploma*, ela dizia, isso acontecia, que a escola, de toda forma, nunca tinha lhe interessado de verdade. Eu precisei de anos para entender que o discurso dela não era incoerente ou contraditório, mas que eu, com uma arrogância de trânsfuga, tentava impor a ela outra coerência, mais compatível com meus valores — aqueles que eu adquirira precisamente me construindo contra meus pais, contra minha família —, que as incoerências existem apenas para quem é incapaz de reconstruir as lógicas que produzem os discursos e as práticas. Que uma porção de discursos atravessavam minha mãe, que esses discursos falavam por meio dela, que ela estava constantemente dividida entre a vergonha de não ter estudado e o orgulho de ainda assim, como dizia, *ter se saído bem e ter criado lindos filhos*, que esses dois discursos só existiam um em relação ao outro.

A vergonha de morar numa casa que parecia cair um pouco a cada dia, *Não é uma casa, é uma ruína*.

Resumindo, talvez o que ela pretendesse dizer é *Eu não posso ser uma madame, mesmo se quisesse*.

Ela me contou, o som de sua voz cada vez mais alto à medida que era tomada pela excitação (eu sofreria com isso quando deixasse minha família para ir morar na cidade grande — meus amigos no colégio me pediriam o tempo todo para eu falar mais baixo; eu invejava terrivelmente a voz calma e bem colocada dos jovens de boa família), ela me contou que tinha sentido uma súbita vontade de ir ao banheiro: *Achei que tava constipada, me deu uma dor de barriga como quando fico com constipação. Corri pra privada e então ouvi o barulho, o ploft. Quando olhei, vi o bebê, eu não sabia o que fazer, tive medo e, como uma idiota, dei a descarga, não sabia o que fazer. O bebê não queria ir embora, então peguei a escova da privada para empurrá-lo enquanto dava a descarga. Depois telefonei pro médico, ele me disse para eu ir na mesma hora ao hospital, disse que podia ser grave, lá ele me auscultou, mas não era nada grave.*

Ela e meu pai multiplicaram as tentativas de tornar a ter um bebê. Era uma prioridade para o meu pai, *Ele queria um filho de verdade, ele é homem e, sabe, os homens são orgulhosos, ele queria ter uma família, ele, que era o preferido da mãe dele e dos irmãos e irmãs, não do pai, ele não podia, estava na prisão, ele queria ter um filho, bem, ele queria uma filhinha, mas tivemos você, ele queria dar o nome de Laurenne, eu protestei, não quero mais filha, não quero mais uma menininha, então tivemos você depois de perder o outro. Seu pai ficou mal por ter perdido o primeiro bebê, demorou pra ele se recuperar. Não parava de chorar. Não foi muito difícil, porque eu sou uma boa reprodutora, fiquei grávida até com* DIU, *e tive gêmeos* (meu irmão e minha irmã caçulas), *então, bom, e isso fica entre nós, mas seu pai tem uma bela máquina.*

Eu sabia.

Eu sempre via meu pai nu porque a casa era pequena e não tinha porta nos cômodos, simplesmente divisórias e cortinas separavam os quartos, não havia dinheiro para pôr portas nem paredes de verdade. O despudor do meu pai. Ele dizia que gostava de ficar nu e eu o criticava. Seu corpo me inspirava uma profunda repulsa. *Eu gosto de andar pelado, estou na minha casa e faço o que eu quiser. Até agora, nessa casa, mando eu, eu sou o pai.*

O quarto dos meus pais

O quarto dos meus pais era iluminado pelas luzes da rua. As venezianas, gastas pelos anos, pelo frio e pela chuva do Norte, deixavam entrar uma luz fraca, permitindo que se vislumbrassem apenas sombras se movendo. O cômodo cheirava a umidade, um cheiro de pão amanhecido. A luz filtrada permitia também que se vissem os grãos de poeira voando, flutuando, movendo-se num tempo mais lento. Eu passava horas assim, imóvel, observando isso. Minha mãe e eu éramos próximos quando eu era pequeno: é o que se diz dos meninos pequenos, a proximidade que podem ter com a mãe — isso antes que a vergonha cavasse a distância entre nós. Antes disso, ela dizia para quem quisesse ouvir que de fato eu era filho da minha mãe, que sobre isso não havia dúvida.

Quando a noite caía, um medo inexplicável tomava conta de mim. Eu não queria dormir sozinho. Só que eu não dormia sozinho no quarto, eu o dividia com meu irmão ou minha irmã. Um quarto de cinco metros quadrados, com chão de cimento e paredes cobertas por grandes manchas pretas e redondas causadas pela umidade que impregnava a casa, graças às lagoas nos arredores da cidade. O incômodo que minha mãe sentia (digo incômodo para não repetir mais uma vez a vergonha, mas era disso que se tratava) quando eu lhe perguntava por que ela e meu pai não punham um carpete no chão *Sabe, a gente adoraria colocar um carpete, talvez a gente coloque*. Era mentira. Meus pais não tinham dinheiro para comprar e nem mesmo vontade de fazer isso. A impossibilidade de fazer isso impedia a possibilidade de querer, que por sua vez fechava as possibilidades. Minha mãe ficava presa nesse círculo que a mantinha na incapacidade de agir, de agir sobre si mesma e de agir no mundo que a cercava *A gente adoraria colocar um carpete para você, mas você tem asma, sabe, carpete é ruim para asmáticos.*

Eu disfarçava as manchas de mofo com cartazes de cantoras pop ou de heroínas de séries de TV recortados de revistas. Meu irmão mais velho, que preferia, como os durões, cantores de rap ou música eletrônica, tirava sarro *Você não cansa de ouvir só música de mulher* (me lembro de um dia em que fui com ele à padaria e no caminho todo ele foi me ensinando como um garoto de verdade deveria andar. *Vou mostrar como você deve fazer, porque não é possível andar desse jeito, se eu cruzar com meus amigos com você andando assim não vai ser bom, eles vão me encher o saco*).

O espaço do quarto era ocupado por um beliche e um móvel de madeira sobre o qual ficava a televisão, de forma que, ao entrar no pequeno cômodo, logo se chegava à cama; com apenas alguns centímetros quadrados onde pôr os pés: o espaço lotado, saturado da simples presença da cama e da televisão. Meu irmão assistia à TV a noite toda e eu não conseguia dormir.

Por causa, então, não apenas da TV que me incomodava, mas sobretudo do medo de dormir sozinho, eu ia várias vezes por semana para a frente do quarto dos meus pais, um dos raros cômodos da casa com porta. Eu não entrava imediatamente, esperava ali até que eles terminassem.

De maneira geral, eu tinha o costume (isso até os dez anos, *Não é normal*, dizia minha mãe, *ele não é normal, esse menino*) de seguir minha mãe pela casa. Quando ela entrava no banheiro, eu a esperava na porta. Tentava forçar para que abrisse, dava chutes nas paredes, gritava, chorava. Quando ela estava na privada, eu exigia que deixasse a porta aberta para vigiá-la, como se tivesse medo de que se volatilizasse. Ela iria manter esse hábito de sempre deixar a porta aberta quando fizesse suas necessidades, hábito que mais tarde me causaria repulsa.

Ela não cedia logo. Esse comportamento irritava meu irmão mais velho, que me chamava de *Chafariz* por causa das minhas lágrimas. Ele não tolerava um menino que chorava tanto.

Com a minha insistência, minha mãe sempre acabava cedendo. Meu pai, por sua vez, preferia gritar, ficar bravo. Como papéis que dividiam entre si, ao mesmo tempo impostos pelas forças sociais que estavam além deles e reproduzidos conscientemente. Minha mãe: *Se você não se acalmar eu vou falar com o seu pai*, e quando meu pai não reagia: *Jacky, faz o seu papel, merda.*

Na frente da porta do quarto dos meus pais nessas noites em que, paralisado pelo medo, eu não conseguia dormir, ouvia a respiração cada vez mais ofegante deles através da porta, os gritos sufocados, a respiração dos dois perceptível por causa das divisórias pouco espessas. (Eu gravava palavras com o canivete suíço nas divisórias, *Quarto do Ed*, e até esta frase absurda — já que não havia porta — *Bata na cortina antes de entrar.*) Os gemidos da minha mãe, *Que delícia, mais, mais*.

Eu esperava eles terminarem para entrar. Sabia que em determinado momento meu pai soltaria um grito forte e sonoro. Sabia que esse grito era uma espécie de sinal, a possibilidade de entrar no quarto. As molas da cama paravam de ranger. O silêncio que se seguia ainda fazia parte do grito, então eu esperava mais alguns minutos, alguns segundos, retardava a abertura da porta. No quarto, pairava o cheiro do grito do meu pai. Ainda hoje, quando sinto esse cheiro, não consigo deixar de pensar nessas sequências repetidas da minha infância.

Eu começava sempre me desculpando e alegando uma crise de asma, *Vocês sabem, como o que aconteceu com a vovó, pode-se morrer de uma crise de asma, não é impossível, não é inimaginável* (eu não falava desse jeito, mas, escrevendo estas linhas, alguns dias fico cansado de tentar recuperar a linguagem que eu usava).

Meu pai deixava a raiva explodir, ficava bravo, me ofendia. Ele não acreditava nessas histórias de avó e de asma, são pretextos, *besteiras*, eu tenho simplesmente medo do escuro, como as meninas. Ele se perguntava em voz alta. Perguntava para minha mãe se eu era menino, *Ele é ou não é um menino? Ele chora o tempo todo, tem medo do escuro, não é um menino de verdade. Por quê? Por que ele é assim? Por quê? Só que eu não o criei como uma menina, criei como os outros meninos. Porcaria de merda.* O desespero transparecia em sua voz. Na verdade — e ele ignorava isto —, eu me fazia as mesmas perguntas. Elas me obcecavam. Por que eu chorava o tempo todo? Por que tinha medo do escuro? Por que, sendo menino, eu não era um menino de verdade? E principalmente: por que eu me comportava daquele modo, os trejeitos, os gestos amplos com as mãos que eu fazia quando falava (*gestos de louca*), as entonações femininas, a voz aguda. Eu ignorava a gênese da minha diferença e essa ignorância me feria.

(Nessa época, por volta dos meus dez anos, uma ideia não me abandonava: uma noite em que eu estava assistindo à televisão — como fazia todas as noites em que meus irmãos e irmãs não estavam, iam dormir na casa de amigos —, vi uma reportagem sobre uma clínica de emagrecimento para pessoas obesas. Os jovens obesos eram supervisionados por uma equipe que os submetia a um regime drástico: alimentação, esporte, regularidade de sono. Por muito tempo, depois de ver esse programa, fiquei sonhando com um lugar igual a esse para pessoas como eu. Assombrado pelo espectro dos dois garotos, eu imaginava educadores que me bateriam toda vez que eu deixasse meu corpo ceder às suas disposições femininas. Sonhava com treinamentos para voz, para o jeito de andar, maneiras de olhar. Eu me dediquei a procurar, obsessivamente, esse tipo de programa nos computadores do colégio.)

As palavras *afetado*, *afeminado* ressoavam sempre à minha volta na boca dos adultos: não apenas na escola, não unicamente vinda dos dois garotos. Elas eram como navalhas, me machucavam por horas, dias, quando as ouvia, e eu ficava ruminando aquelas palavras, repetindo-as para mim mesmo. Eu me dizia que eles tinham razão. Eu desejava mudar. Mas meu corpo não me obedecia e as ofensas ressurgiam. Os adultos da cidadezinha que me chamavam de *afetado*, *afeminado*, não diziam isso sempre como um insulto, com a entonação que o caracteriza. Diziam às vezes com surpresa, *Por que ele escolhe falar e se comportar como uma menina, sendo que é um menino? Ele é estranho o seu filho, Brigitte* (minha mãe), *se comportando assim*. A surpresa me dava um aperto na garganta e um nó no estômago. Para mim também perguntavam *Por que você fala assim?* Como sempre, eu fingia não entender, ficava em silêncio — e depois vinha a vontade de gritar, sem conseguir, o grito como um corpo estranho e ardente preso na garganta.

Vida das meninas, das mães e das avós

Eu era prisioneiro do corredor, dos meus pais e dos moradores da cidade. O único descanso era na sala de aula. Eu gostava da escola. Não daquela escola, da vida escolar: havia os dois garotos. Mas gostava dos professores. Eles não falavam de *mulherzinhas* ou de *viados nojentos*. Explicavam que era preciso aceitar as diferenças, o discurso da escola republicana, que éramos iguais. Não se podia julgar um indivíduo por sua cor de pele, sua religião ou sua orientação sexual (essa expressão, orientação sexual, sempre fazia o grupo de meninos no fundo da classe rir, a *turma do fundão*).

Minhas notas eram em geral medíocres. Não havia nem luz nem escrivaninha nos quartos e eu precisava fazer as lições no cômodo principal, com meu pai vendo televisão ou minha mãe limpando um peixe na mesma mesa e resmungando *Não é hora de fazer lição*. De qualquer maneira, as lições me entediavam, eu não tinha o que se chama de *base* por causa das minhas muitas faltas, da linguagem da minha família e, portanto, da minha linguagem, muitos erros, por causa do picardo que falávamos às vezes melhor do que o francês oficial.

No entanto, eu me apegava aos professores e sabia que era preciso ter boas notas para agradá-los ou pelo menos para dar a eles a impressão de que eu lutava, apesar das minhas dificuldades. Minha docilidade com eles tinha algo de suspeito: a docilidade, na escola, era uma característica feminina.

Apenas nas turmas dos mais novos, depois as meninas passavam a detestar a escola e provocavam os professores. Era só uma questão de tempo. Elas desapareciam de forma um pouco mais lenta.

Primeiro minha irmã quis se encaminhar, quando estava na escola, para uma carreira de parteira, até finalmente decidir que seria professora de espanhol *para ganhar muito dinheiro*. Nós víamos os professores como pequeno-burgueses, e meu pai se irritava quando havia greves na educação: *Com toda a grana que eles ganham ainda reclamam*.

Ela foi chamada para uma daquelas conversas de orientação vocacional e expôs a eles seu desejo de se tornar professora de espanhol em uma escola *Mas sabe, senhorita, agora a área educacional está saturada, todo mundo quer ser professor, então tem cada vez menos vaga, e os governos dão cada vez menos dinheiro para a área, para a educação. Você deveria trabalhar com alguma coisa mais segura, menos arriscada, como vendas, além disso, olhando suas notas, elas não são lá muito boas, preciso dizer, estão só na média, é pouco para passar na faculdade*.

Ela voltou irritada para casa, uma noite, depois de uma dessas conversas, decepcionada com as tentativas do orientador de mudar seus planos: *Não entendo por que aquele homem pega no meu pé, quero dar aula de espanhol*. Meu pai: *Você não pode deixar um negro te dar sermão* (o orientador vocacional era martinicano).

Minha irmã resistiu num primeiro momento. O orientador chamou-a várias vezes. No terceiro ano, ela precisava fazer um estágio em uma empresa e o orientador a encaminhou para a padaria da cidade. Algumas semanas depois desse estágio, ela informou à minha mãe (decepcionada: *A gente gostaria que ela tivesse uma profissão mais bonita*) que não queria mais ser professora de espanhol, mas vendedora. Ela estava segura de sua escolha, o orientador vocacional tinha razão. O estágio lhe garantia um salário, com o qual contava para fazer aquilo de que tinha sido privada durante toda a adolescência devido à falta de dinheiro dos pais.

Vendo a inspetora no pátio da escola, eu ficava tentando imaginar o que ela queria ser quando era jovem, antes de ser inspetora.

Eu não lhe dirigia a palavra. Fazia o possível para ela não perceber os chutes que os dois garotos me davam. Para esconder dela o fato de que algumas pessoas podiam pensar, pensavam, que eu era afeminado, que merecia chutes. Não queria que ela me encontrasse no corredor, encolhido, com um olhar suplicante — mesmo que, já disse, na maior parte do tempo eu tentasse, sempre sem conseguir, manter o sorriso enquanto eles me batiam. *Por que você está sorrindo, seu idiota? Está tirando sarro da nossa cara?* Que a inspetora se preocupasse e me perguntasse *Por que eles fazem isso com você?* E eu teria que responder.

Minha memória não guarda sequer uma pista do seu nome. Pode ser Armelle ou Virginie. Eu só me lembro dos apelidos que davam a ela, *Louca*, *Demente*. Ela falava sozinha no pátio ou nos corredores enquanto nos vigiava. Falava principalmente da sua avó, muito da sua avó, com obstinação, até quando as crianças lhe diziam *Para, a gente não quer saber*, e ela nem pensava em deixá-las de castigo.

Sua avó tinha a mesma história da minha, de muitas avós, todas tinham a mesma história na cidade, onde havia pouco espaço para a diferença.

A avó dela sofria com o frio quando o inverno se aproximava e os dias ficavam mais curtos. A avó dizia isso para ela da mesma forma que minha avó dizia para mim, sem se queixar, era simplesmente uma constatação triste quando falava do frio que entrava na casa, os dedos dos pés doloridos por causa do frio que os paralisava.

Minha avó, que imaginava que ter uma casa, *ser proprietária*, como dizem os slogans publicitários ou políticos, a faria conquistar um status social mais alto, uma vida mais agradável, se dava conta de que, desde que havia adquirido uma, nada tinha mudado, e talvez até, pelo contrário, tudo se complicara com o empréstimo que precisou fazer e tinha que pagar.

Ela sente frio, mas não pode pagar o fornecimento de lenha. O homem que meu pai chamava de *Amigo*, e que entregava lenha para toda a família — andava pelas ruas com um pequeno trator carregado com vários feixes de lenha —, tinha parado de entregar para ela *Porque tenho filhos, a senhora entende, não posso mais trazer lenha se a senhora não pagar, tenho filhos para alimentar, senhora, eu tenho uma família*. Sua avó, a da inspetora, dizia que usava muitos cobertores contra o frio, mas que era inútil, o frio penetrava pelas cobertas e elas pareciam envoltas em gelo, mais frias que o próprio vento.

(Minha irmã mais velha, neste momento, iniciou os procedimentos necessários para readquirir, por um preço irrisório, a casa da minha avó, que foi acabar seus dias numa habitação social.

Ela me telefonou para falar disso e me falar das reformas importantes que precisaria fazer ali, por causa do barraco em que minha avó vivia, cujo teto tinha um buraco de cerca de dois metros de diâmetro, *E o pior é que eu gosto muito da vovó, então não quero criticá-la, mas o cheiro que tinha ali... Excrementos de não sei bem o quê, mofo. Vamos ter trabalho por muito tempo*. Minha irmã, que nunca veria outra coisa na vida a não ser aquela cidadezinha, já proprietária e envolvida em reformas intermináveis aos vinte e cinco anos.)

Minha avó, como a da inspetora, adotava vários cachorros. Ela se sentia menos sozinha e podia se aconchegar a eles à noite, para aproveitar um pouco do calor corporal que eles produziam. *Pelo menos fico com as pernas bem quentes quando durmo com eles, e eles também me fazem companhia, porque eu me entedio um pouco sozinha.* Ela adotava cinco, seis, às vezes mais, o que irritava meu pai. Ele achava o comportamento dela irracional, adotar cães quando mal conseguia se alimentar. *E você não pode nem ir passear, porque seus cachorros destroem a casa quando você sai. Eu vi que eles arrancam as cortinas, o sofá, que mijam na televisão. E, também, o que eu disse, você não tem dinheiro para dar comida pra eles.* Ela se justificava: *Eles vão comer os restos*, mas — todo mundo percebia — ela comprava comida para os cachorros e cada vez menos para si mesma. Era ela que comia os restos dos cachorros e, no fim, além de passar frio, passava fome.

Quando minha avó não tinha mais lenha, ia às florestas que cercam a cidade. Levava sua sacola de tecido azul e verde, cheia de furos, como acabou admitindo: *por causa dos cachorros, que estragam tudo*. Recolhia pequenos galhos, que carregava. Minha mãe fazia o mesmo para acender o fogo da lareira ou para cozinhar a carne nas grelhas da churrasqueira quando não tinha mais lenha, com seu orgulho de mãe *Meus filhos não vão ficar sem comida, não vão passar frio*. Para não passar vergonha, minha mãe fazia disso um jogo. Nós sabíamos que era a pobreza, a falta de dinheiro, as crianças entendem isso mais depressa do que se imagina. Minha mãe dizia *Vamos buscar lenha, é bom para dar uma voltinha, pelo menos a gente vai se divertir*.

A gente fingia que acreditava nela e ela fingia acreditar que a gente acreditava.

Às vezes, cansada, minha mãe parava de fingir. Abandonava todos os seus esforços para esconder a realidade e me forçava a ir à mercearia da cidade *pedir fiado, marcar na caderneta* o que comer. *Vai lá você porque, como você é criança, se pedir pra comprar fiado ela vai dizer que sim, sendo que pra mim é certeza que vai dizer não, aquela imbecil da mercearia.* Eu tentava me esconder, até meu pai intervir, *Anda logo, começa a se mexer se não a coisa vai ficar feia pra você.* Ele me aterrorizava de tal forma que eu saía em silêncio. As crianças inspiram pena mais facilmente, e eu era designado para ser aquele que devia usar esse recurso a fim de conseguir comida; não apenas na mercearia, mas também, em alguns dias, com os vizinhos e com outros moradores da cidade, para pedir um pedaço de pão, um pacote de macarrão ou um pouco de queijo. A humilhação quando era preciso, na hora de pagar as despesas na mercearia, dizer em voz baixa, para que as mulheres da cidade que estivessem ali não ouvissem, *Mamãe pediu se a senhora poderia anotar*, e a dona que sentia muita satisfação em falar bem alto, de modo que, pelo contrário, todo mundo pudesse entender suas palavras. *Isso não pode continuar assim, seus pais precisam pagar, porque eu não posso anotar pra eles toda hora. Eles têm que trabalhar mais, se precisam de dinheiro. Você fala pra eles que estou aqui na loja todos os dias das oito da manhã às oito da noite, só assim a gente consegue. Bom, é a última vez que deixo você anotar, a última, estou avisando, porque não posso deixar você ir embora de mãos vazias.* E eu, que abaixava a cabeça, odiava a dona da mercearia, tinha vontade de rasgar a cara dela com algum objeto pontudo e cortante, *Obrigado, senhora, obrigado, senhora.*

Outras vezes, quando não tínhamos mais dinheiro, comíamos os peixes que meu pai pescava. Ele sempre foi pescador, era uma paixão, os meninos praticavam a pesca ou a caça. Ele ia muito às lagoas no entorno da cidade, principalmente desde o acidente na fábrica que o fez perder o emprego. Trazia os peixes para casa, que minha mãe limpava antes de pôr no congelador, embrulhados em papel-jornal ou em sacos plásticos de supermercado.

Uma visão assustadora quando eu abria o congelador e encontrava ali cadáveres cobertos com um manto de gelo. O mais perturbador era ver os olhos deles, prisioneiros do gelo depois de serem paralisados pela morte. E o cheiro que perdurava vários dias no cômodo comum depois que minha mãe limpava os peixes. No fim do mês, quando meus pais não tinham mais dinheiro para comprar carne, comíamos peixe por dias seguidos. A repulsa nasceu daí. Hoje fico enojado diante desse prato tão valorizado nos ambientes que eu queria frequentar.

As histórias da cidade

Não éramos os mais pobres. Nossos vizinhos mais próximos, que tinham ainda menos dinheiro, uma casa sempre suja, malcuidada, eram objeto do desprezo da minha mãe e das outras pessoas. Sem trabalho, eles faziam parte da fração de moradores de quem se dizia ser *vagabundos*, indivíduos *que se aproveitam dos auxílios sociais*, *que não fazem nada*. Uma vontade, um esforço desesperado, sempre retomado, de pôr as outras pessoas abaixo de si, de não estar na base da pirâmide social. Havia roupa suja espalhada por toda parte na casa deles, os cachorros faziam xixi em todos os cômodos, sujavam as camas, os móveis eram cobertos de pó, aliás não apenas de pó, era mais uma sujeira que nenhum nome consegue definir de verdade: uma mistura de terra, pó, restos de comida e de líquidos derramados, vinho ou Coca-Cola secos, moscas ou mosquitos mortos. Eles também eram sujos, com as roupas manchadas de terra ou de outra coisa, os cabelos oleosos e as unhas compridas, escuras. O que minha mãe repetia também, sempre com orgulho: *Ser pobre não quer dizer ser sujo, a gente não tem muito dinheiro, mas pelo menos a casa está limpa e meus filhos sempre têm roupas com cheiro de lavadas, eles não são porcos*. Os vizinhos iam às plantações que circundavam a cidade para roubar milho e ervilhas, cuidando para vigiar e não serem surpreendidos pelos agricultores, *tomar cuidado com os caipiras*. Eu passava muitos dias na casa deles, na cozinha que cheirava a querosene devido ao reservatório que ficava no cômodo ao lado. Esse cômodo primeiro tinha sido banheiro, mas os vizinhos, achando que um banheiro não seria útil, fizeram dele um reservatório de querosene. Fazíamos pipoca com o milho roubado dos caipiras. Narrávamos isso de uma maneira que só as crianças contam: histórias costuradas com mentiras, elementos acrescentados, inventados, exageros. As peripécias imaginárias do vizinho *E nessa hora, o caipira chegou, me perseguiu com o trator, mas eu corri mais rápido e ele não conseguiu me pegar.*

Contávamos histórias que animavam a cidade e tornavam a existência menos monótona.

Uma delas me marcou muito. Foi a morte de um homem na cidade. Ele não tinha mais dinheiro, só dívidas acumuladas em todos os bares. Meu pai gosta de dizer que naquela época havia uma dúzia deles em cada cidade de cerca de quinhentos habitantes. Eu digo *a história de um homem*, mas eu o conhecia bem.

A solidão, a fome — o homem devia estar farto de sua existência. Estava cansado de viver, mas não se matou, como se até esse esforço fosse difícil demais.

Então o cheiro começou a se espalhar pelas ruas.

Eu também senti num dia em que passeava com meu primo. Ele me disse *Parece que morreu alguém aqui.* Eu passava bastante tempo com meu primo. Ele precisava de mim para amarrar o sapato ou coçar as costas: sua deficiência o impedia de se mover corretamente. Quando era criança, enquanto estava crescendo, sua coluna vertebral continuou a se desenvolver, a crescer de maneira anormal, depois atingiu o cérebro, provocando lesões irreversíveis. Uma deficiência grave. Ele andava torto, a corcunda imponente que tinha nas costas deformava suas roupas. *O corcunda de Notre-Dame*, zombavam os moradores. Ele perdeu os dentes muito jovem, a partir de seus vinte anos eles começaram a cair um depois do outro, e em certos dias, sem que se soubesse o porquê, sua pele ficava amarelada ou, melhor dizendo, totalmente amarela. Nesses dias, febres altíssimas o deixavam de cama por semanas. Ele tinha uma deficiência, mas os moradores da cidade evitavam dizer isso na frente dele ou de sua mãe. Não sabíamos se a mãe dele — minha tia — fingia não ter consciência da gravidade de seu estado de saúde ou se era realmente incapaz de compreender a situação do meu primo. "Os pais são os últimos a admitir que seu filho é louco." Um dia, foi só uma vez, eu lembro, a surpresa quando ouvimos minha tia falar, como uma confissão, como se nos ensinasse, nos revelasse alguma coisa, *Meu filho, sabe, tem uma deficiência*. Na ausência da mãe, por outro lado, os moradores falavam da deficiência dele: *Coitado, ah, o seu primo, ele não teve sorte, você é muito legal de cuidar dele*. Quando eu ia ao médico, ele me avisava *Aproveita bem o seu primo, ele não vai viver por muito tempo, sabe*. Gozações também *Seu primo, o corcunda, o aleijado da cidade. O mongoloide*.

Havia mais pessoas com deficiência na minha família do que nas outras. Ou talvez a gente as escondesse menos, cuidássemos menos delas, não soubéssemos bem o que fazer. Talvez fosse apenas falta de dinheiro para cuidar corretamente, hostilidade à medicina. Havia uma prima que nasceu com dois palatos, outro primo que ficava o tempo todo doente, ele era alérgico a antibióticos, a sabão de lavar roupas, a grama. Há uma tia que arranca os próprios dentes com um alicate quando está bêbada, sem motivo, só para brincar, com um alicate igual a esses de oficina. Está sempre bêbada, e, inevitavelmente, acabou não tendo mais dentes para arrancar.

Naquele dia, meu primo disse *Parece que morreu alguém aqui*. Ele tinha razão, alguém tinha morrido mesmo. Eu não imaginava que o cheiro era aquele. O homem havia decidido ficar em casa, não sair mais. Não ia mais tomar seu *pastis*, *meu amarelinho*, no bar da cidade onde os homens se encontravam à noite depois do trabalho — ou depois de um dia em casa na frente da televisão, quando estão sem trabalho. Ele ficou em casa esperando morrer, fixo, imóvel em sua cama. Os rumores diziam, não sei se estavam certos, que ele tinha morrido em seus excrementos. *Ele morreu no mijo e na merda*, não queria sair da cama, não ia ao banheiro, cobria suas poças de mijo e seus montes de merda com jornal, como um último cuidado higiênico antes de morrer. *Parece que as meias estavam incrustadas em sua carne, fazia meses que não as tirava e, com o mijo, o pus, as meias foram pouco a pouco penetrando em sua pele, colando-se a ela, como se fizessem, à força, parte de seu corpo.* E depois, o silêncio. O processo de decomposição do corpo. As mulheres da cidade: *Ele foi comido pelos vermes*, e o cheiro que se espalha pelas ruas. A multidão se reuniu (no mesmo dia em que meu primo, sem querer, havia identificado a morte — *parece que morreu alguém* era uma expressão que utilizávamos para distinguir cheiros ruins) em volta da casa da qual se desprendia o cheiro do corpo em putrefação. Apesar do ar logo irrespirável, as mulheres cobriam o nariz com lenços de papel para continuar olhando, ficar ali, não perderem a chance de assistir a um acontecimento como aquele, para poderem sair por alguns instantes, por alguns minutos, de um cotidiano sem surpresas, sem nem mesmo a espera ou a esperança da surpresa. Meu primo, por causa de seu organismo frágil, vomitou muito naquela tarde.

Contávamos essa história frequentemente, ela nos divertia.

A boa educação

Meus pais zelavam por me dar uma educação boa, *não como a da ralé e dos árabes dos conjuntos habitacionais*. Minha mãe se orgulhava disso: *Meus filhos são bem-educados, eu os educo bem e não como bandidos* ou — e não sei de onde lhe chegavam essas informações, talvez das coisas que seu pai, ex-combatente na guerra da Argélia, lhe dizia — *Meus filhos são bem-educados, não são que nem os argelinos, sabe, os argelinos são os piores, se você olhar de perto eles são bem mais perigosos do que os marroquinos ou os outros árabes*.

O tempo todo convencido por minha mãe da minha superioridade sobre os árabes ou sobre nossos vizinhos extremamente pobres, só depois de sair da escola fui me dar conta de que eu era menos privilegiado do que havia imaginado. Eu sabia, antes disso, que existiam mundos muito mais favorecidos do que o meu. Os burgueses que meu pai xingava, o dono da mercearia da cidade ou os pais da minha amiga Amélie. Eu pensava nisso com frequência. Mas até que eu mesmo estivesse diante da existência desses outros mundos, nos quais eu nunca tinha entrado, meu conhecimento permaneceu no estado da intuição, da fantasia.

Eu descobriria isso mais tarde, sobretudo ao conversar com meus ex-professores — os professores da escola, impotentes, abatidos com o modo como os pais da cidade educavam os filhos, diziam na sala dos professores *O Bellegueule mais novo até tem capacidade, mas se continuar sem fazer as lições e com tantas faltas, não vai conseguir.*

Eu pertencia ao mundo das crianças que assistem à TV ao acordar de manhã, jogam futebol o dia todo nas ruas vazias, no meio da estrada, nas pastagens que se estendem atrás das casas ou embaixo dos conjuntos habitacionais, que assistem à TV, de novo, à tarde, à noite, por horas, assistem durante seis, oito horas por dia. Ao mundo das crianças que passam horas nas ruas *zoneando*, à noite e de madrugada. Meu pai me avisava — sem jeito, quando se tratava de abordar assuntos escolares — que eu podia fazer tudo o que quisesse, mas que deveria sempre assumir as consequências. *Você pode sair quando quiser e voltar na hora que quiser, mas, se no dia seguinte estiver cansado na escola, a culpa é sua. Se você quer bancar o adulto, é pra bancar até o fim*, enquanto os filhos dos professores, do médico ou da gerente da mercearia eram obrigados a ficar em casa para fazer os deveres escolares. Acontecia de ele me perguntar, várias vezes na mesma semana, se eu tinha feito a lição de casa. A resposta pouco importava para ele, como minha mãe, que me perguntava sobre meu dia na escola. A pergunta que meu pai fazia não vinha dele, era um papel que se sobrepunha a ele, às vezes contra a sua vontade, era a aceitação ou, melhor, a interiorização do fato de que era importante, mais legítimo para uma criança fazer a lição de casa.

Tudo girava em torno do ponto de ônibus, que era o centro da vida dos meninos. Passávamos ali nossas noites, abrigados do vento e da chuva. Me parece que foi sempre assim: na adolescência os garotos se encontravam lá todas as noites, para beber e conversar. Meu irmão e meu pai passaram por esse lugar e, quando voltei à cidade, vi ali meninos que tinham apenas oito anos quando fui embora. Eles tinham se apropriado do espaço que eu havia ocupado alguns anos antes; nada muda, nunca.

As conversas intermináveis até de madrugada: sempre histórias da cidade, como um mundo que só existia por si mesmo, avesso a todo o conhecimento do exterior, de outros lugares, as piadas, as caixas de correio que quebrávamos aos chutes apenas por diversão, Jeanine, a idosa que morava em frente ao ponto de ônibus, que chamava a polícia quando fazíamos muito barulho e que xingávamos de *vagabunda*, *cadela velha* antes de fugir correndo. Comprávamos fardos de cerveja e bebíamos até vomitar, filmando tudo com o celular.

Eu me lembro, muito novo, desde os treze, catorze anos, de ter passado por perdas de consciência, comas alcoólicos. De ter que chamar a ambulância, de manter virado de lado um dos meus *amigos*, para evitar que se afogasse no próprio vômito. Quando isso acontecia comigo, nos dias seguintes à bebedeira (dizíamos *Não vejo a hora do porre do sábado à noite*), eu acordava em uma das barracas que tínhamos montado na véspera nos pastos em volta da cidade, as roupas endurecidas pelo vômito seco que as recobria, um saco de dormir com um cheiro que mal se podia descrever por causa da comida devolvida pelo meu estômago doente, a barriga doendo e a cabeça latejando, como se naquele dia o coração e os pulmões estivessem no lugar do cérebro. Os *amigos* me diziam, rindo, que eu tinha escapado por pouco da morte, que poderia ter me afogado no meu vômito, ter engolido a língua.

Eu me esforçava para me aproximar o máximo possível dos meninos e acalmar meus pais. Na verdade, eu me entediava bastante na companhia deles. E não era raro eu dizer para a minha mãe, quando saía, que estava indo brincar com eles, quando, na verdade, ia encontrar Amélie. Uma das minhas brincadeiras favoritas era maquiá-la, passar batom e um monte de pós diferentes nela. Nem imagino o terror que meus pais sentiriam se soubessem disso. Eu tinha essa necessidade de tranquilizá-los, de agir de um modo que os levasse a parar de fazer perguntas que eu queria que cessassem.

Essas noites eram marcadas por brigas. No ponto de ônibus, adicionavam-se aos litros de cerveja uísque barato e *pastis*. A diversão se prolongava até de madrugada, até o sol nascer, tempo para nada, para deixar o tempo passar ou, melhor, acontecer. O ponto de ônibus, também de tijolos vermelhos, pichado com *Foda-se a polícia*, *Morte aos viados imundos*.

As brigas eram moeda corrente, tanto meninas quanto meninos batiam uns nos outros — principalmente os meninos, e não só sob o domínio do álcool (quase todos os dias no pátio da escola, as crianças se agrupavam em volta de dois adversários — às vezes mais — e gritavam bem alto o nome daquele que apoiavam).

Uma dessas brigas estourou um dia entre mim e Amélie. Uma briga de crianças. Seus pais tinham uma situação melhor do que os meus, no entanto não eram exatamente *burgueses*: a mãe, funcionária do hospital e o pai, técnico da companhia de eletricidade. Naquele dia, Amélie me disse, para me magoar — ela sabia que dizendo aquilo conseguiria me atingir —, que meus pais eram uns vagabundos. Eu me lembro dessa briga com a exatidão dos acontecimentos criados na vida a partir de lembranças que poderiam ter sido insignificantes, banais. E que então, meses, anos depois, de acordo com o que nos tornamos, ganham sentido.

Esmurrei ela. Peguei-a pelo cabelo e bati sua cabeça no ônibus da escola, que estava estacionado, com violência, como faziam o ruivo alto e o baixinho um pouco corcunda no corredor da biblioteca. Muitas crianças nos olhavam. Elas riam e me encorajavam, *Vai, acaba com ela, esmaga a cara dela*. Amélie chorava e me implorava para parar. Ela gritava, gemia, suplicava. Ela tinha me feito entender que pertencia a um mundo mais digno de respeito que o meu. Enquanto eu passava o tempo no ponto de ônibus, outras crianças como Amélie liam livros dados por seus pais, iam ao cinema e até ao teatro. Os pais dela falavam de literatura à noite, de história — uma conversa sobre Leonor da Aquitânia entre Amélie e sua mãe na hora do jantar me fez empalidecer de vergonha.

Na casa dos meus pais não havia jantar, era comida. Na maior parte do tempo, até usávamos o verbo *comer*. O chamado de todos os dias do meu pai: *Hora de comer*. Quando anos mais tarde eu dissesse *jantar* na frente dos meus pais, eles ririam de mim, *Olha como ele fala, esse aí, quem ele acha que é? Pronto, ele vai pro colégio, banca o cavalheiro e fala sua filosofia*.

Falar filosofia era falar como a classe inimiga, *os que têm meios*, os *ricos*. Falar como aqueles que têm a sorte de fazer cursos secundários e superiores e, portanto, estudar filosofia. As outras crianças, as que *jantam*, às vezes até bebem cerveja, assistem à televisão e jogam futebol. Mas as que jogam futebol, bebem cerveja e assistem à televisão não vão ao teatro.

Eu reclamava da minha mãe para Amélie, dizendo que ela não cuidava muito de mim, ao contrário da mãe dela. Eu não conseguia enxergar que a mãe de Amélie não tinha a mesma profissão, o mesmo status, não tinha condições de vida tão brutais. Que era mais difícil para minha mãe dedicar tempo para mim e também amor.

Outras vezes, é verdade, a indiferença da minha mãe me tranquilizava. Quando eu voltava da escola, ela facilmente poderia ver traços no meu rosto, como rugas. Meu rosto parecia enrugado por causa dos socos que me envelheciam. Eu tinha onze anos, mas já era mais velho do que minha mãe.

Sei, no fundo, que ela sabia. Não era uma compreensão clara, talvez alguma coisa que não conseguisse transformar em palavras, que sentisse sem ser capaz de expressar. Eu tinha medo de que um dia ela começasse a fazer todas essas perguntas que guardava — apesar de seu silêncio — havia anos. De ter que responder, contar dos chutes, dizer que as pessoas pensavam a mesma coisa que ela. Esperava que ela não pensasse muito nisso e que acabasse esquecendo.

Numa manhã, antes de eu ir para a escola, ela me disse *Sabe, Eddy, você tinha que parar com esses trejeitos, as pessoas dão risada de você pelas costas, eu vejo, você tinha que arejar a cabeça, conhecer umas garotas*. Ela falou como meu pai, dividida entre o desânimo, a vergonha e a irritação. Não entendia por que eu não ia seduzir as garotas, como meu pai tinha feito anos antes nas baladas ou nos bailes no salão de festas da cidade.

A partir dos doze anos, comecei a ir à balada com alguns *amigos* no sábado à noite para — de acordo com o que eu dizia aos meus pais, e repetia para que eles entendessem as motivações fictícias dessas saídas — conhecer garotas. Meu pai, mais difícil de enganar do que eu esperava, logo via que eu não lhe apresentava as garotas que seria lógico eu conhecer nesses lugares. Ele se perguntava sobre a minha passividade, enquanto meu irmão, por sua vez, trazia todos os meses garotas para casa, apresentava-as e planejava noivado, casamento, filhos.

(Um privilégio reservado aos meninos. Quando minha irmã apresentou, na volta de um baile, seu segundo namorado para os meus pais — depois de ter largado o primeiro —, eles lhe disseram que daquele jeito não era possível. Ela não podia levar outro garoto para casa, sendo que toda a cidade já a tinha visto com outro *Além disso, entende, não é que a gente não queira, a gente não tem nada contra ele e ele é bem-educado, mas você não pode trazer garotos o tempo todo desse jeito. A gente fala isso pro seu bem, porque as outras pessoas vão falar, com certeza, vão sair falando por aí que você é uma vagabunda.*)

Se meus pais sentiam incompreensão diante do meu comportamento, das minhas escolhas, dos meus gostos, a vergonha costumava se misturar com o orgulho, quando se tratava de mim. Meu pai não dizia nada, mas minha mãe me contava *Não fica com raiva dele, ele é homem e os homens nunca falam de sentimentos, sabe.* Ele dizia aos colegas da fábrica, que me contavam, *Meu filho vai bem na escola, ele é inteligente e talvez até superdotado. Ele é inteligente, vai continuar estudando e principalmente* (o que o deixava mais feliz), *principalmente, meu filho vai ficar rico.* Ele, que detestava, como dizia, os burgueses quase tanto quanto os árabes ou os judeus, desejava me ver passar para o outro lado.

Quando eu voltava da escola, o encontrava na sala jogado em sua poltrona, bebendo sua dose de *pastis* e assistindo à televisão. A televisão com o volume muito alto, os roncos dele quando adormecia, os insultos a minha mãe quando ela passava na frente da tela. Sempre na mesma posição: pernas estendidas e mãos na barriga. Minha irmã mais velha: *Com as mãos naquela barriga enorme, ele parece uma grávida.* O cômodo tinha cheiro de gordura por causa das batatas fritas que minha mãe fazia — o prato preferido do meu pai *Eu gosto de comida de homem, que enche bem a barriga, não essas coisas de rico, que quanto mais caro é menos comida que tem no prato.* Não apenas era *o prato preferido do meu pai*, mas também um dos raros pratos que ele comia e que nós comíamos, já que era ele quem decidia como seriam as refeições. Mesmo que minha mãe fingisse que era ela quem decidia, ela se traía quando dizia *Eu ia adorar fazer vagem ou salada de vez em quando, mas seu pai ficaria bravo.* As refeições eram compostas unicamente de batatas fritas, massa, de vez em quando arroz, e de carne, carne moída congelada ou presunto comprados no supermercado mais barato. O presunto não era cor-de-rosa, mas fúcsia e cheio de gordura, pingando.

Cheiro de gordura, de lenha e de umidade. A televisão ligada o dia inteiro, à noite quando ele dormia diante dela, *faz um barulho de fundo, eu não posso ficar sem a TV*. Mais exatamente, ele não dizia *a TV*, e sim *eu não posso ficar sem a minha TV*.

Não se podia, nunca, incomodá-lo na frente da sua televisão. Era a regra na hora de se sentar à mesa: assistir à televisão e ficar quieto ou então meu pai se irritava, pedia silêncio, *Cala a boca, você está começando a me irritar. Eu quero que meus filhos sejam educados, e quando a gente é educado a gente não fala na mesa, a gente assiste à TV em silêncio e em família*.

À mesa, ele (meu pai) falava de vez em quando, era o único que tinha o direito. Comentava as notícias *Os árabes imundos, quando a gente vê as notícias só vê isso, árabes. Parece que a gente não tá mais na França, que tá na África*, sua refeição *Tô cheio*.

Ele e eu nunca conversamos de verdade. Até mesmo coisas simples, *bom dia* ou *feliz aniversário*, ele parou de dizer. No meu aniversário me dava alguns presentes sem dizer nada. Eu não me queixava, não queria que ele falasse comigo. Ele me explicava, num tom falsamente descontraído que mal escondia o incômodo de ter que dizer isto, *Você vai esperar o começo do mês, quando a gente recebe os auxílios sociais, pra ganhar seu presente. Você nasceu no dia 30 de outubro, no fim do mês, não teve sorte*.

Eu não sabia nada sobre ele e especialmente sobre seu passado, as únicas informações que tinha vinham da minha mãe.

Seus amigos chegavam por volta das seis com garrafas de *pastis* todas as noites. Meu pai não trabalhava mais. Uma manhã — ou uma noite, não tenho certeza —, ele saiu, como de costume, para a fábrica. Levou sua marmita, a comida que minha mãe preparava na véspera e punha num Tupperware para o dia seguinte. Meu pai comia no pote, como os animais. Nesse dia a fábrica ligou para a minha mãe: *As costas do seu marido travaram de repente, ele chorou, e a gente conhece o Jacky muito bem, ele não é fraco, e ele realmente gritou de dor*. E depois a voz do médico (ou a do meu pai diretamente), *Seu marido carregou muito peso na fábrica durante muito tempo. Tinha que ter visto isso antes, para tomar as precauções necessárias.* (*Mas, você sabe, o Jacky não gosta de médico, ele desconfia sempre, ele se recusa a tomar remédio, como seu cunhado hemiplégico.*) *Suas costas estão arruinadas, completamente trituradas, os discos esmagados. Ele vai precisar parar de trabalhar por um período indeterminado.* Minha mãe: *Vamos perder dinheiro se ele ficar desempregado?*

Meu pai voltou naquela noite mesmo e ficou deitado por vários dias. Às vezes seus gritos abafavam o som da televisão e o choro dos filhos da vizinha. Minha mãe: *É a vizinha, aquela lá não sabe educar os filhos.*

Ele achava que iria parar de trabalhar só por algum tempo, algumas semanas no máximo. As semanas logo viraram meses e os meses, anos, meus pais falavam de *doença crônica, fim dos direitos, mais desemprego, renda mínima, RMI*. Minha mãe finalmente disse que *Sim, seu pai poderia voltar ao trabalho, se quisesse, mas você pode ver do que ele gosta, beber garrafas de* pastis *todos os dias na frente da TV com os amigos. Você precisa entender isso, Eddy, seu pai é alcoólatra, ele não vai mais voltar ao trabalho.*

Depois de vários anos sem trabalho, meu pai foi obrigado a encarar as fofocas da cidade, vindas das mulheres na saída da escola ou na frente da mercearia: *O Jacky é um vagabundo, ele não trabalha faz quatro anos, não é capaz nem de dar comida para a mulher e os filhos. Veja como a casa dele é largada, as janelas estão caindo, a pintura da fachada descascando, e o filho mais velho é um alcoólatra que ele não consegue controlar.*

Meus pais não queriam ouvir, se recusavam a prestar atenção no falatório. Minha mãe me confessava que não havia o que fazer com aquelas fofocas *Eu não ligo para essas hipócritas da cidade, não dou a mínima, elas que cuidem do próprio rabo, essas santinhas*. Meu pai bem que tentou encontrar trabalho de novo, mas desanimou depois de ter recebido centenas de nãos. Ele continuava a convidar os amigos todas as noites, que chegavam com dois litros de *pastis*, às vezes mais, três, e quanto mais os meses passavam, mais difícil era ficar bêbado. Meu pai e seus amigos tinham consciência disso, *Ah, agora tenho mais* pastis *nas veias do que sangue*.

Todas as sextas-feiras eu voltava da escola à noite. Fazia teatro num grupo criado pelo meu professor de francês. Meu pai, não sabendo lidar com meu interesse por teatro, ficava muito irritado e com frequência se recusava a pegar o carro para ir me buscar depois do curso, resmungando *Ninguém está te obrigando a fazer essa besteira de teatro*. Eu percorria a pé os quinze quilômetros que me separavam de casa, andando no meio das plantações por horas, a lama e a terra se acumulando sob os meus sapatos, fazendo-os pesar muitos quilos. Plantações que pareciam não ter fim, como se diz, a perder de vista, animais que as atravessavam para ir de um bosque a outro.

Nessas noites em que eu chegava mais tarde que de costume, os amigos do meu pai já estavam lá. Eles reservavam o *pastis* para si mesmos, falando toda vez *A gente não precisa ir embora numa perna só* e minha mãe respondia *Vocês beberam tanto que não é em uma ou duas pernas que vocês vão embora, é se arrastando mesmo*. Sempre a fumaça dos cigarros e do fogão, a lenha escurecendo a sala, a densidade da fumaça filtrando a luz. Minha mãe: *Fuma, esse é bom*. A televisão. Meu pai e seus amigos, Titi e Dédé, assistiam todos os dias ao mesmo programa. Os comentários sobre as mulheres que participavam do programa para reafirmar sua virilidade entre homens, *Cara, essa é gostosa, eu ia gostar de trepar com ela, montar nela*, minha mãe irritada, *Ah, esses aí só pensam nisso*. Uma noite, quando voltei da escola, eles tinham mudado de canal. Faziam isso raramente, fiéis que eram ao programa *A Roda da Fortuna*. Eles diziam, quando o programa ia começar *Nosso programa, rápido vai começar a* Roda, *não podemos perder o começo*, interrompendo o que estavam fazendo, as conversas, e correndo para as cadeiras, sem fôlego. O dia inteiro tinham esperado aquele momento, de certa forma o dia só fazia sentido pela espera de ver *A Roda* à noite com alguns copos.

No outro canal, um homossexual participava de um reality show. Era um homem extrovertido com roupas coloridas, trejeitos femininos, penteados impensáveis para pessoas como meus pais. A simples ideia de que um homem fosse ao cabeleireiro era malvista. Os homens cortavam o cabelo com a mulher deles, não iam ao salão do cabeleireiro. Riam muito — sempre as risadas — cada vez que o homem falava: *Ah! Esse aí anda de bicicleta sem selim. Eu não ia pegar um sabonete do lado dele. Ele, viado? Melhor ser um arrombado*. O humor que em alguns momentos dava lugar à repulsa *Precisa enforcar esses viados imundos ou enfiar uma barra de ferro no cu deles*.

Foi nessa hora, quando eles faziam comentários sobre o homossexual da televisão, que cheguei da escola. Ele se chamava Steevy. Meu pai se virou para mim e me interpelou: *E aí, Steevy, tudo bem? Foi tudo bem na escola?* Titi e Dédé gargalharam, caíram numa risada louca: choravam de rir, o corpo se retorcia, como se subitamente possuído pelo demônio, tinham dificuldade de recobrar o fôlego. *Steevy, sim, agora que você falou, seu filho, é verdade, tem os mesmos trejeitos quando fala*. A impossibilidade, mais uma vez, de chorar. Dei um sorriso e corri para o meu quarto.

O outro pai

Minha mãe me contou esta história. Foi durante um dos bailes da cidade — bailes com nomes absurdos que aconteciam no salão de festas várias vezes por ano, "Noite da torta e dos anos 1980", "Noite do cassoulet e dos sósias de Johnny". Havia um homossexual, corajoso, que tinha decidido viver sem se esconder. Ele ia a essas festas com homens que conhecia provavelmente em lugares de pegação a alguns quilômetros dali, em estacionamentos desertos ou em postos de gasolina sórdidos. Ao baile iam também garotos da cidade, turmas de amigos que iam beber, se divertir, cantar e tentar seduzir as poucas meninas que ainda não tinham sido pegas, que ainda não tinham filhos. Álcool, efeito manada, e os garotos começaram a incomodar o homossexual, algumas ombradas, olhares que poderiam ser chamados de agressivos, *Você é viado ou o quê? Você gosta de pica, olha pra lá ou eu vou quebrar a sua cara*. Meu pai chegou, ele tinha ouvido tudo. Estava com muita raiva, cerrou a mandíbula antes de falar com eles, *Deixem ele em paz, puta merda, vocês se acham espertos insultando ele, o que vocês têm a ver com isso se ele for viado? Incomoda?* Ele disse para os garotos irem para casa *Não encham mais o saco. Ele não bateu neles por muito pouco*, concluiu minha mãe.

Minha mãe me contou também um episódio da vida do meu pai, quando, por volta dos vinte anos, ele decidiu sair da fábrica, abandonar tudo e ir para o Sul da França. *Ele mandou o patrão à merda, não era fácil, sabe, você sabe muito bem que aqui as pessoas não se mexem. Eles entram na fábrica depois da escola e ficam na cidade a vida toda ou então vão morar numa cidadezinha não muito longe daqui. Seu pai, ele saiu totalmente.*

Meu pai foi embora. Ele devia sonhar com isso frequentemente. Imaginava que lá o sol ajudaria a aguentar uma fábrica, que as mulheres seriam mais bonitas. Ele foi embora. Tentou encontrar trabalho em Toulon, sem sucesso. Minha mãe: *Ele pensou em trabalhar como garçom num bar, mas acho que passou mais tempo bebendo no balcão do bar do que procurando trabalho. Não sei se ele fazia alguma coisa em troca, o que acontecia de verdade, porque seu pai não é muito de papo, mas era uma senhora idosa que o hospedava. Uma velha cheia de dinheiro. Uma mórmon, pelo que me lembro.*

Quando viajou, ele fez amizade com um jovem ladrão (minha mãe dizia: *um pickpocket*, pronunciando sempre errado as palavras) que gostava de ser chamado de *Neve*, um apelido irônico, por causa de sua pele escura de magrebino. Eles se tornaram próximos, passavam as noites juntos, saindo em dupla para pegar mulheres. Foram inseparáveis por vários meses, até que meu pai voltou para o Norte, minha mãe não sabia por quê. Seu passado o alcançou, como se, apesar de seus esforços, meu pai não pudesse escapar dele. O que ela não entendia: *É por isso que seu pai não fala disso, dessa viagem dele, de quando viveu no Sul, porque é estranho, né? Não é lógico. Ele diz que precisa matar os árabes e, quando ele vivia no Sul, seu melhor amigo era árabe. Digo isso porque não entendo por que seu pai é racista desse jeito, eu não sou racista, é claro que os árabes e os negros têm muitos direitos e tomam todo o nosso dinheiro do Estado, mas mesmo assim eu não quero matar ou enforcar eles ou colocar eles nos campos, como seu pai.*

A resistência dos homens à medicina

Por causa das ofensas e das críticas do meu pai, acabei me aproximando de alguns garotos da cidade. Mesmo eu os chamando de *amigos*, de *minha turma*, óbvio que era uma fantasia minha e que, em vez disso, eu era um elemento isolado que gravitava em torno deles. Nunca consegui me integrar de todo aos grupos de meninos. Muitas foram as noites em que minha presença era cuidadosamente evitada, as partidas de futebol para as quais eu não era convidado. Coisas insignificantes para um adulto que marcam uma criança por muito tempo.

Várias vezes por semana nos encontrávamos no galpão de lenha dos vizinhos, sem planejar de verdade esses momentos. Um amplo galpão erguido no meio do quintal, imponente, como se tivesse sido construído às pressas ou tivesse sido vítima de uma tempestade terrível, sempre a ponto de desabar. Em quase todos os jardins havia um, feito com telhas de aço enormes e finas, recuperadas do lixo. Nessa época — foi, no entanto, há pouco tempo, bem no início do século XXI: a cidadezinha, longe da urbanização, do movimento e da agitação, também ficava afastada do passar do tempo —, ainda não havia grades dividindo os jardins, e compartilhávamos um grande quintal atrás das casas, que permitia que nos encontrássemos mais facilmente, sem avisar os adultos, sem sermos vistos.

Ficávamos brincando à tarde no meio das pilhas de lenha e da serragem que testemunhavam as horas em que os homens passavam cortando toras para alimentar os fogões e esquentar as casas. Eu andava descalço no meio de pregos enferrujados e de cascas cobertas de cogumelos, minha mãe gritava *Não pode andar descalço, é perigoso, os pregos nas madeiras, pode pegar tétano ou uma infecção. Você não está bem mesmo, calça o tênis e presta mais atenção.* E também: *Esse aí até vai bem na escola, mas não é esperto.*

Um dia, como minha mãe tinha previsto, pisei num prego. A vergonha ou, melhor, o orgulho me impediu de dizer que ela tinha razão. Decidi ficar quieto, esconder a ferida aberta pelo prego no meu pé direito. Depois de alguns dias, apareceu uma mancha preta e supurante no meu pé, que ganhou importância, cresceu e se espalhou como uma mancha de tinta num tecido. Alguns dias mais, e a preocupação foi me invadindo progressivamente, como essas tomadas de consciência tardias que acabam mergulhando na inércia. Como nas vezes em que, quanto mais o tempo passa, mais as chances de corrigir o erro, de solucionar a situação embaraçosa, ficam menores e mais a capacidade de reagir diminui. Por fim decidi — depois de um esforço colossal para me arrancar da inação, contemplando uma situação cada vez mais delicada e até, acho que posso dizer, perigosa — aplicar todos os dias (várias vezes no mesmo dia, pois àquela altura não era mais a preocupação, e sim o pânico que me dominava diante desta palavra sobre a qual eu nada sabia ou, pelo menos, sabia pouca coisa, mas que ressoava em mim sem trégua: *tétano*) perfume para desinfetar a ferida — o perfume barato com um cheiro repulsivo que minha mãe usava. Quando sentiu o cheiro do perfume dela em mim, me perguntou se eu tinha ficado maluco para usar um perfume de mulher, o da própria mãe. Ela elaborou a tese da loucura para não deixar escapar esta outra palavra, *viado*, para não pensar na homossexualidade, para afastá-la, para se convencer de que se tratava de loucura, preferível a ter um filho bicha.

Eu tinha herdado do meu pai esse desinteresse pelos problemas de saúde. Mais do que desinteresse, se tratava de desconfiança, de hostilidade à medicina e a remédios. Eu precisaria de anos, mesmo adulto, mesmo longe da cidadezinha da minha infância, do mundo que me criou, para concordar em tomar remédios. Ainda hoje, experimento um tipo de repulsa à ideia de ingerir antibióticos ou de consultar um médico. De modo geral — não apenas meu pai —, os homens não gostam disso. Eles criam um princípio: *Eu não tenho essa frescura de tomar remédio o tempo todo, não sou maricas.* Fui forjado pela experiência da resistência à medicina, especialmente em razão do meu desejo obsessivo de me identificar, de imitar — se não macaquear — características masculinas. "Quem não se sente um homem de fato gosta de parecer, e quem conhece sua fraqueza íntima faz com prazer exibições de força."

Meu tio havia pagado o preço da negligência dos homens com sua saúde. Ele fumou a vida inteira sem nunca se questionar sobre os excessos, os limites, o razoável. O tabaco amarelava seus dentes, mais escuros do que amarelos, o cheiro dos Gitanes impregnava suas roupas. Ele fumou, mas também bebeu bastante depois do trabalho, como meu pai, para esquecer suas jornadas exaustivas carregando caixas, encomendas, comendo, em quinze minutos, de olho no relógio, uma refeição ruim e requentada, preparada na véspera por sua mulher e colocada numa marmita. O barulho do centro de triagem, ensurdecedor, agressivo até. Ele mal tinha tempo de se sentar para almoçar, e lá vinha o chamado opressivo do chefe de produção se ele ultrapassasse um minuto do tempo determinado para a pausa. Minha mãe me falava de sua inclinação cada vez mais pronunciada para o álcool: *Pronto, ele virou alcoólatra, o seu tio, como todos os outros, é mesmo tudo a mesma coisa, ninguém se salva.* Com mais e mais frequência, era possível vê-lo cambaleando pelas ruas, xingando os moradores da cidade, fazendo propostas obscenas para as jovens, *Você, eu vou te comer, me dá sua bunda, minha querida, vem, vagabunda*, chegando a tirar a própria roupa para mostrar o sexo em público. Na saída da escola, minha tia fingia ignorar os exageros do marido, tentava manter a dignidade na frente das outras mulheres.

Alguém acabou encontrando-o desmaiado numa calçada, quase morto, o rosto no chão e a pele em carne viva, esfolada pela queda que acabara de sofrer, o nariz quebrado. Coma alcoólico. Quem o encontrou chamou os bombeiros.

Meu tio encontrado com a cabeça no asfalto e levado de ambulância ao hospital. Depois de alguns minutos, quase metade da cidade estava reunida em volta do seu corpo inerte. Minha tia veio nos visitar naquela mesma noite, a cara fechada, dura, nenhuma lágrima. Ela nos disse que a situação era grave. Meu tio havia fumado e bebido demais, seu estilo de vida deplorável lhe provocara um acidente vascular cerebral. Ele estava paralisado. *O médico me disse que talvez ele nem acorde, eu falei pra ele parar de beber, eu disse, mas ele não fez nada. Ele era muito burro.*

Duas semanas depois, soube da existência da palavra hemiplegia e aprendi o que ela significava. Meu tio ficara com o lado esquerdo do corpo paralisado. Ele ficaria na cama até o fim de seus dias — o que, explicou o médico, com aquele ar desolado que eles adotam nessas circunstâncias, não deveria demorar muito tempo. Seu estado de saúde não parava de se agravar. Os acessos de tosse duravam horas, ele gritava o dia inteiro, especialmente à noite, quando acordava minha tia para que ela o mudasse de posição na cama, o virasse, por causa de seus membros dormentes, *formigas no braço*. Minha tia: *Eu não aguento mais, às vezes tenho vontade de me matar*. As crises de demência dele, provavelmente causadas pela situação em que estava, o esgotamento de uma existência acamada na sala. Não havia lugar no quarto para a cama hospitalar. Ele xingava minha tia, *Vagabunda, você só quer que eu morra, você só tá esperando isso.*

Minha tia: *E quando ele me diz isso eu acho que não é justo, porque eu poderia, se quisesse, poderia ter colocado ele numa casa de repouso, mas não quis, preferi continuar com ele aqui e cuidar dele, vou cuidar dele até a morte, sou a mulher dele, é o normal.*

Apesar da situação, meu tio recusava-se a se cuidar.

Minha tia, sempre: *E eu não posso falar nada, ele é orgulhoso, nunca gostou dessa coisa de remédio, ele é homem, eu não posso falar nada. Mas pior pra ele, porque se continuar assim ele pode ter problemas, como o Sylvain.*

Sylvain (um testemunho)

Sylvain era muito admirado pela família. Meu primo Sylvain, dez anos mais velho do que eu, um durão, passou grande parte da juventude roubando mobiletes, organizando assaltos em que furtava televisões e consoles de video games para revendê-los, vandalizando prédios públicos, quebrando caixas de correio. Foi preso várias vezes vendendo drogas ou dirigindo bêbado, seus filhos no banco de trás. *Ele não parava de fazer besteira. Ele não era que nem você, não gostava da escola.* Quando minha tia, ou qualquer membro da família, falava das proezas de Sylvain, o orgulho de ter na família um durão tão durão sempre vinha à frente da preocupação ou das críticas. *O Sylvain precisa se acalmar um pouco, ele vai perder a guarda das crianças.*

Sylvain fora criado por nossa avó depois que a mãe dele perdeu a guarda dos filhos por causa, acho, do alcoolismo. Ela já havia despertado a desconfiança da assistência social por ter feito a maioria de seus filhos com o próprio primo.

Depois de vários pequenos delitos de todo tipo, e por repetir sem parar as mesmas infrações, o tribunal decidiu — já fazia longos meses a sentença ameaçava cair na cabeça do meu primo — mandá-lo para a prisão, uma pena de cerca de trinta semanas. Quando voltava das visitas, minha avó nos contava as dificuldades que ele passava: as brigas com os outros presos, o dia a dia na prisão, que era especialmente difícil para os presos mais pobres. Tudo era pago lá dentro *Você se dá conta de que precisa pagar até o papel higiênico. Sério, é um escândalo*. E também, minha avó mal ousava dizer isto, fazia apenas algumas insinuações que a levavam a corar e a baixar os olhos, os estupros de presos cometidos por outros presos, e, no caso, o do meu primo. Ela não tinha certeza, já que Sylvain mal falava sobre isso, como ela. Um compartilhar a humilhação sem palavras.

Depois de algumas semanas na prisão, o tribunal deu a ele uma permissão de saída temporária, *por boa conduta*, disse minha avó num fim de semana, tempo para ver a família e os amigos. Ele planejou minuciosamente uma programação, passou horas, noites sonhando na cama, organizando os dias de liberdade que viriam, com a excitação de uma criança, enquanto o fim de semana em questão se aproximava e essa agenda tornava-se cada vez mais concreta (aqui só posso tentar imaginar, reconstituir o estado de espírito do meu primo naquele momento). Ele contou para a minha avó a felicidade que sentiu durante sua saída. Concluiu que uma pessoa que tivesse conhecido muitas dificuldades poderia experimentar a felicidade melhor do que outras. Entendeu que uma só existia em relação à outra e que faltava alguma coisa a pessoas que só conhecem o conforto, sem nunca terem passado por necessidades ou humilhação. Como se elas nunca tivessem vivido de verdade.

Pôde fazer amor com a mulher, brincar com os filhos, escolher a hora e a composição de suas refeições. *Ele foi direto pro McDonald's, estava com saudade.*

Minha avó nos contou o que aconteceu depois, desolada.

Quando ele veio me ver — foi à noite, na véspera do dia em que deveria voltar para sua cela na prisão —, eu logo vi. Vi nos olhos dele que alguma coisa não estava funcionando bem, porque conheço ele muito bem, o meu Sylvain que eu criei. Eu vi. Ele estava triste, mas, ao mesmo tempo, é difícil explicar, não é fácil, ao mesmo tempo ele também estava contente, porque sabia que não ia voltar pra lá. Já tinha tudo planejado na cabeça dele. Acho até que quando abriu a porta e entrou, na mesma hora, naquele segundo, percebi que ele já tinha escolhido nunca mais pôr os pés lá de novo. O que você queria que eu dissesse pra ele? Fazia muito tempo que eu não via ele assim tão feliz, o meu Sylvain, e também não teria adiantado nada, você conhece ele, ninguém nunca conseguiu fazer o Sylvain mudar de opinião.

Um durão.

Primeiro, ele sentou, fez como se não fosse nada. Ele me perguntou, e isso ele nunca fazia, nunca tinha feito em quase trinta anos, então foi mais um indício, me perguntou como tinha sido o meu dia. Foi uma coisa idiota, boba, porque ele já sabia. Mas eu entrei na brincadeira. Respondi: Fui comprar pão na padaria, dei comida pras galinhas e depois assisti à televisão tranquila no sofá. Como sempre. Ele ficou ali, parado. Então veio um silêncio. Você sabe que nessas horas os silêncios parecem longos. É quase como se você contasse os segundos e como se um segundo durasse uma hora. Foi esquisito. Quer dizer, normalmente, eu não fico sem jeito com o Sylvain. Nunca. Eu o criei, então a gente esquece os silêncios depois de um tempo. Não importa mais, é só a vida. Não é nem que a gente não ligue, é que a gente nem se dá conta. Mas naquele dia, naquele dia, não foi assim.

Meu primo começou a falar depois desse silêncio. O mais difícil para ele era saber que minha avó tinha entendido. Ele se apressou em dizer alguma coisa que ela havia antecipado. A apreensão de não dizer de modo correto, de que ela não entendesse. O desafio não era revelar alguma coisa, mas falar de forma que ela aceitasse o que já sabia. Ele então declarou que não voltaria para a prisão. Não porque não quisesse, que sua vontade estivesse em jogo, uma escolha a fazer, ali, naquela situação, mas que não podia, era impossível. Não podia mais comer todos os dias a mesma comida *Eu juro, vó, a gente sempre fala de comida de hospital, mas lá é muito pior*. Ver os outros presos que detestava, até os amigos que tinha feito lá, aliás, aqueles com que passava o tempo durante as pausas no pátio, para quem falava da mulher e dos filhos, aqueles que tinham se tornado uma segunda família para ele, ele dizia *meu clã*, aqueles que o protegiam, o ajudavam, que ele protegia e ajudava de volta e, pensando bem, até aqueles que ele detestava (como se os indivíduos, os outros, estivessem sempre associados a um lugar, um espaço, um tempo determinados dos quais era impossível desassociá-los, como se existisse uma geografia dos laços, da amizade, e que o ódio dos lugares levasse, inexorável e fatalmente, ao ódio daqueles que ali estão). Não podia mais sentir o cheiro das celas, ouvir o louco de cima, que toda noite dava socos nas paredes, fazendo vibrar não as grades, pois elas quase não existem mais nas prisões modernas, mas as portas de metal que as substituíram. Sylvain ficava menos perturbado com o barulho que o louco fazia do que com o medo de se parecer com ele, de achar que poderia chegar a sua hora, o dia em que seria ele que, cansado demais de ficar fechado naqueles poucos metros quadrados, cairia num estado de demência como o do outro.

Minha avó: *Então ele me disse Desculpa, vovó, mas não vou voltar pra lá. Ele me olhou bem nos olhos. Eu não baixei os meus. Também olhei bem nos olhos dele, pra mostrar que eu podia ouvir sem problemas o que ele estava dizendo, não estava chocada. Ele não precisava escolher as palavras. Não é porque sou mulher. Então o que eu fiz? Fiz umas caretas, umas caras, fingi hesitar e até estar com um pouco de raiva, para saber se ele estava mesmo seguro e certo do que queria. Ele sabia. Se eu tivesse dito não, que ele deveria voltar para a prisão, ele teria me respondido, e devo confessar que não estaria completamente errado, é isso que ele teria respondido: Você quer que eu termine meus dias na prisão, que eu morra na prisão? Eu não podia me permitir isso. Perguntei pra ele*

Você tem certeza, tá certo dessa escolha? Ele respondeu: Tô, vó, porque se eu voltar pra lá, não tem dúvida, você nunca mais vai me ver. Me assustei um pouco quando ele disse isso. Eu me segurei pra não chorar, sendo que não sou uma mulher de chorar à toa. Fingi que tava assoando o nariz, dizendo Ah, que merda, é a colheita do trigo, ela me dá rinite. Ele me deu um beijo e foi embora.

Sylvain foi para a casa dele depois disso. Comemorou a liberdade com alguns amigos. Tudo correu bem no primeiro momento, a polícia não foi atrás dele logo em seguida. Por um instante ele deve ter imaginado, por causa das séries de televisão a que assistia, que a polícia chegaria, que dezenas de carros e talvez até um helicóptero cercariam a casa, declarando, vociferando num megafone, *Sr. Bellegueule, o senhor está preso, não se mexa.*

Quando ficou bêbado (*Nessa noite bebi pra comemorar*), foi buscar os filhos, que estavam no quarto deles assistindo a um filme no videocassete *Crianças, vamos dar uma volta de carro.* Como meu pai, que, quando estava bêbado, sempre sentia a necessidade de dirigir. Um desafio para ele mesmo. As crianças ficaram felizes, não se perguntaram por que agora, por que naquela hora. Puseram os sapatos, ainda de pijama. Sua mulher disse *Não.* Ela disse que ele tinha bebido demais, se drogado demais por hoje, que seria irracional, *Você não vai querer morrer e matar seus filhos junto.* A briga começou. Sylvain disse à mulher que ela não devia dizer aquilo. Que não devia se atrever. Ela não sabia o que era viver na prisão, tudo o que ele tinha passado, que ela nunca poderia, nem com a maior boa vontade do mundo, imaginar o que aquilo representava. Palavras que a bebida faz surgir e sobre as quais a gente nunca sabe de verdade se estão enterradas há muito tempo, reprimidas no fundo de quem diz, ou se não têm nenhuma relação com a verdade. *Além disso, a culpa é sua se eu fui parar na prisão, porque você não me amou o suficiente, senão eu não teria sentido a necessidade de fazer tanta besteira, eu só queria compensar essa falta de amor, já que a minha mãe me abandonou, eu sempre fui abandonado, na verdade.* Um discurso feito por psicólogos num programa de televisão que minha avó havia colocado na cabeça dele. Ela já tinha dito para mim que a mulher de Sylvain não cuidava muito dele e que, nesse sentido, era responsável por seu comportamento. Na cidade, os comportamentos dos homens costumavam ser imputados às mulheres, cujo dever era controlá-los, como nas brigas na saída dos bailes. *Então, imagina, a mulher dele não estava nem aí pro Sylvain. Uma verdadeira vagabunda.*

Sylvain, depois da briga, pegou o carro e saiu sem as crianças, a raiva animando cada pedaço do seu corpo. Alguns quilômetros adiante; um carro da polícia o parou.

Minha avó outra vez: *Quando os policiais pararam ele, já sabiam. Tudo planejado. Eles não disseram na hora, fingiram que era só uma fiscalização, coisa de rotina. Fingiram que não conheciam ele. Pediram pra ele soprar no bafômetro, e quando ele soprou eles devem ter ficado felizes, porque tinham outro pretexto pra prender ele. Teriam prendido com ou sem isso, mas era algo a mais, chama circunstâncias agravantes. E depois, ainda por cima, ele tinha fumado maconha, e os policiais não são burros, estão acostumados, afinal esse é o trabalho deles. Logo sentiram. Fizeram um teste de alcoolemia, e, você conhece o Sylvain, ele bebia bem. Bebia demais, era difícil de acompanhar. Ali, eu não sei, mas acho que os policiais sentiram prazer em enrolar ele, fazer ele esperar, pensando que devia estar com medo. O policial que falava, o chefe, acho, pediu os documentos do Sylvain e foi no carro verificar no computador, nesses computadores pequenos que tem nos carros de polícia pra eles poderem reconhecer na mesma hora alguém. Identificar.*

O Sylvain explodiu. Pisou no acelerador, como se fosse fugir. Então o policial, o que fez? Ficou na frente do carro, para impedir a fuga. Não sei o que deu na cabeça do Sylvain, um clique, uma loucura, como os cachorros que são muito educados e que um dia avançam na pobre da menina que tá brincando em paz de boneca na sala, mordem seu rosto e a menina depois morre ou fica desfigurada pelo resto da vida, sendo que, geralmente, nesse caso, o cachorro conhece a menina bem, é o cachorro da casa que passou horas e horas com ela, era o vira-lata mais bonzinho do mundo. Os pais tentam acalmar o cachorro, mas numa situação dessas, mesmo fazendo de tudo, é impossível, não dá. Imagina, o cachorro que você criou, que você alimentou, com quem trocou carinhos e mais carinhos, ali na sua frente, um belo dia, sem aviso, mordendo seus filhos. Você se joga em cima do cachorro, bate nele com todas as forças, parece que quando a gente tá com muita raiva ou com muito medo fica dez vezes mais forte, você grita, chora, enfim, só estou imaginando porque, ainda bem, isso nunca aconteceu comigo. Mas quanto mais você bate no cachorro, mais ele aperta os dentes no pescoço da sua menina, e o sangue escorre na sala toda, até esguicha, sua filhinha tenta gritar, mas não consegue, da boca dela sai só um sopro, acho que se diz um estertor, então, não sei, estou tentando imaginar, mas você corre pra cozinha, pega uma faca de açougueiro, volta e apunhala seu vira-lata. A gente pensa que é fácil matar alguém assim, mas na verdade eu sei, quando mato minhas galinhas para comer, na verdade é difícil. Tem que segurar bem a faca para ela entrar na carne, precisa ter força. Tem que querer, é o que te digo. Você esfaqueia o cachorro, mas já é tarde demais, porque quando, enfim, você consegue matar esse bicho imundo, você se dá conta de que a menina já está meio morta. Dois cadáveres nas costas.

Enfim, pra resumir, não é o que ele disse, não é o que queria dizer. O Sylvain. Ele pisa no acelerador, o policial fica na frente para não deixar ele passar, mas acontece uma coisa na cabeça do Sylvain e ele arranca, acelera, se joga em cima do policial e atropela ele.

O policial passa por cima do para-brisas. Tudo bem, porque não acontece nada grave com ele, ele levanta na mesma hora e, com seus colegas, persegue o Sylvain, como nas perseguições que a gente vê na TV. Mas meu garoto não deixa barato, ele consegue escapar da polícia. Eles perdem ele.

Horas depois Sylvain foi encontrado num canteiro de obras onde novas casas estavam sendo construídas. Ele sabia que acabaria preso. Foi para esse lugar com o bastão de beisebol que guardava no carro para o caso de um dos garotos a quem devia dinheiro — do tráfico de drogas — o surpreender um dia e o agredir para recuperar o que lhe era devido. Ele tinha quebrado as janelas, uma por uma, dando gritos que ressoaram na noite calma. Quebrou tudo, tentou colocar fogo e gritou cada vez mais alto, de modo que era possível pensar que ele tentava alertar os vizinhos (e portanto, indiretamente, a polícia) de sua presença. Não queria ir para a prisão de novo por causa de uma simples recusa de voltar da saída. Justificar sua pena. Quando a polícia chegou, o encontrou no meio dos cacos de vidro, dos pedaços de tijolo e telha que ele havia jogado nas paredes. Ele escrevera numa parede *NLP*, com spray e letras imensas. Não resistiu ao ser algemado.

Sylvain chegou ao tribunal. Aparentava estar muito calmo, como quando a polícia o prendeu. Menos agitado do que se poderia imaginar e do que conseguira ser antes. O promotor lhe fez as perguntas de sempre: por que fez isso, por que dessa maneira, perguntas sobre o passado, filhos, vida pessoal. *E o seu pai, que você nunca conheceu, a sua mãe, que te abandonou, você acha que isso tudo, esses elementos todos da sua vida têm algo a ver com suas atitudes delinquentes*? Outras perguntas que ele não entendia por causa da linguagem, não apenas da instituição judiciária, mas de mundos em que os indivíduos estudam:

Você afirmaria que seus atos podem ser atribuídos a fatores externos ou tem a impressão de que apenas seu livre-arbítrio estava em jogo neste caso? Meu primo gaguejou, disse que não tinha entendido a pergunta e pediu para repetir. Ele não estava incomodado, não sentia diretamente a violência que o promotor exercia, a violência de classe que o excluíra do mundo escolar e, no final das contas, por uma série de causas e efeitos, a violência que o levara até o tribunal. Ele devia pensar, pelo contrário, que o promotor era ridículo. Que falava como um viado.

Depois dessa série de perguntas, ele quis saber — uma simples formalidade, uma vez que que todo mundo já sabia — o que ele quis dizer com aquele *NLP*. Minha família já tinha falado muito disso desde a prisão: *O Sylvain nunca pôde nem sentir cheiro de polícia, não podia ver a polícia nem pintada*. O promotor perguntou de onde vinha esse ódio da polícia, por que teve o cuidado, sendo que ele estava destruindo tudo no canteiro de obras devastado depois de sua passagem (cacos de vidro, tijolos, pedras), de ir buscar uma lata de spray no carro para escrever na parede *NLP*, sigla que significa, todo mundo sabe, *Nique la police*, foda-se a polícia, ato que deveria ter sido calculado com muita antecedência e que — por isso — não correspondia ao estado de loucura que refletia o comportamento de Sylvain no canteiro de obras. *Mas, senhor promotor, o senhor não entendeu nada. Eu não queria dizer foda-se a polícia. Queria dizer foda-se o promotor*. Essa afronta ao promotor ainda hoje faz tremer os membros da minha família quando contam a história: *Aquele lá tinha culhões*. Ele voltou para a prisão, pegou uma pena de seis anos. E então um câncer no pulmão em estágio avançado foi diagnosticado. Não quis fazer o tratamento. Foi encontrado numa manhã, morto, dentro da cela. Não tinha nem trinta anos.

(Voltei por dois dias à cidadezinha da minha infância para reunir informações sobre minha família. Fui até lá com o objetivo de encontrar minha avó e lhe fazer perguntas sobre meu primo Sylvain. Ela me recebeu na sua nova casinha num conjunto habitacional com casas exatamente iguais. Deixou aquela em que sempre havia morado para vendê-la à minha irmã. Foi a segunda vez que entrei lá. Na primeira vez, a casa estava limpa, dessa vez tive a impressão de que minha avó fora se apossando do lugar aos poucos. Cheiro de sujeira, de cachorro sujo — ela tem mesmo um cachorrinho com ela na casa de trinta metros quadrados, todos os que viviam com ela na antiga casa já morreram. Não sei como descrever esse cheiro de cachorro sujo que costuma estar presente nas casas da cidade, na da minha mãe também. Ela me ofereceu algo para beber e eu aceitei. Ela me deu um copo sujo. Fiquei quieto, não disse nada. Peguei o copo no qual ela havia despejado um xarope de morango. Ela foi à cozinha, enxaguou um recipiente de detergente vazio e o encheu de água. Entendi que ia usá-lo como garrafa. Apesar do nojo, continuei calado e deixei que ela despejasse água no meu copo, horrorizado com as partículas de detergente que estavam ali. Fiz perguntas a ela sobre nossa família por duas horas sem encostar no copo. Ela dava umas olhadelas furtivas e inquisidoras.)

Livro 2

O fracasso e a fuga

O galpão

Aconteceu pouco depois dos primeiros socos dos dois garotos. No máximo, alguns meses mais tarde.

Tudo começou num daqueles dias em que passávamos no galpão de lenha dos vizinhos. Naquela tarde, Bruno sugeriu que entrássemos em sua casa: seus pais não estavam lá. Ele disse para irmos ao quarto dele assistir a um filme, insistindo *Tenho uma coisa, uma coisa terrível pra mostrar pra vocês*. Como éramos cinco ou seis anos mais novos que ele, cedíamos sempre às suas vontades, ele que era chamado de o *chefe da turma*.

Ele nos fez sentar em sua cama, num colchão originalmente branco ou cru que tinha virado marrom, laranja, por causa da sujeira, montanhas de poeira quando nos sentamos, cheiro de guardado, de armário úmido. Ele saiu por alguns segundos. Quando voltou, tinha na mão uma fita de videocassete, um filme pornográfico *Um filme pornô que roubei do meu pai, ele não sabe, porque se souber vai me matar com certeza*. Ele sugeriu que assistíssemos a ele entre amigos. Os outros dois, Stéphane, meu primo, e Fabien, o outro vizinho de Bruno, aprovaram. Eu não queria. Disse que não dava, que a gente não devia fazer aquilo. Acrescentei que achava suspeito, e até meio pervertido, meninos verem juntos um filme pornográfico. Meu primo então sugeriu, num tom falsamente brincalhão, com a quantidade certa de brincadeira na voz, para que pudesse dizer que estava brincando se reagíssemos mal, que era apenas brincadeira, que nunca tinha pensado nisso a sério, mas também com bastante seriedade e autoridade, para que entendêssemos que a sugestão era verdadeira, ele sugeriu que nos masturbássemos juntos vendo o filme. Houve um breve silêncio. Todo mundo se observava para tentar perceber nos olhos dos outros como deveria reagir. Para não correr o risco de dar uma resposta que poderia se tornar um fator de isolamento, de gozação.

Não sei mais quem correu esse risco primeiro, aceitando a sugestão do meu primo e, por isso, levando à aprovação geral. Eu não podia aceitar, *Não quero ver a pica de vocês, não sou um viado imundo*.

Eu procurava me afastar de tudo o que se aproximava mais ou menos da homossexualidade. Uma noite, estávamos no estádio da cidade — na verdade, naquela época e antes das reformas que viriam, era mais uma espécie de gramado imenso de onde saíam, como emergindo das profundezas da terra, postes de ferro enferrujados que faziam as vezes de traves —, estádio no qual entrávamos escondidos à noite, escalando as cercas. Íamos ali beber as cervejas trazidas do ponto de ônibus. Naquela noite, meu primo Stéphane, que bebera, começou uma conversa maluca sobre si mesmo e sua força física *Eu sou um animal, caras, sou um animal, quem encostar em mim está morto*. Ele havia tirado as roupas, peça por peça, justamente com o objetivo de exibir a alegada potência de seu corpo, até ficar completamente nu. Era comum os homens fazerem isso na cidade quando estavam bêbados, como meu tio paralisado, antes do seu acidente, ou como Arnaud e Jean, que todo ano, durante a festa da cidade, acabavam nus, em pé em cima das fileiras de mesas montadas para que os moradores pudessem confraternizar ao redor de porções de batata frita e churrasco. O churrasco era preparado pelo pai de Fabien, o *Linguiça*, apelidado assim porque era ele quem cuidava do churrasco nas festas municipais e nas feiras. Fabien também era chamado de *Linguiça*: os apelidos eram hereditários.

Os outros riam, *Ele está totalmente louco, trançando as pernas, encheu a lata*. Meu primo corria de um lado para outro do campo de futebol, nu, exibindo o pênis, cujo tamanho imponente me intimidava. Então os outros garotos, se divertindo, começaram a imitá-lo e a tirar a roupa. Eles corriam, tocavam no próprio pênis e no dos outros. Pênis que, com o movimento dos corpos, eram jogados de uma coxa para a outra, batendo numa perna, depois na outra, depois no baixo-ventre. Eles se esfregavam, pele com pele, para imitar o ato sexual. Os garotos se divertem com esse tipo de coisa.

Um deles me perguntou por que eu não me juntava a eles. Respondi bem alto, para que todos ouvissem, que eu não entrava naquele tipo de brincadeira, mais uma vez, como no caso do filme que Bruno tinha levado, que achava aquilo *nojento* e que, olhando para eles do jeito que estavam, com o corpo nu, eu achava o comportamento deles um comportamento de bicha. Na verdade, aqueles pedaços de carne me causavam vertigem. Eu usava as palavras *viado*, *bicha*, *boiola* para mantê-los longe de mim. Para dizer aos outros que parassem de invadir o espaço do meu corpo.

Fiquei sentado na grama, condenando o comportamento deles. Brincar de homossexuais era uma forma de mostrar que não eram. Era preciso não ser gay para poder brincar de ser por uma noite sem correr o risco de ser insultado.

Minha opinião não valia quase nada. As decisões, como em todos os lugares, aliás, pertenciam ao masculino, de que eu estava excluído. As deliberações estavam nas mãos de Bruno e dos outros. Não sei se eles me impunham conscientemente o silêncio ou se esse mecanismo funcionava sem que percebessem. Eles não me ouviram e colocaram o filme no videocassete. Quando apareceram as primeiras imagens, eles tiraram sarro, depois a agitação aos poucos mudou de natureza. As respirações se tornaram cada vez mais entrecortadas. Corpos suados, olhos fixos na tela, a apreensão perceptível nos lábios, levemente trêmulos, sobretudo trêmulos nas extremidades. Eles tiraram o pênis para fora e se acariciaram. Ainda ouço os gemidos, verdadeiros gemidos de prazer. Ainda vejo os sexos úmidos.

Muito perturbado, eu disse que precisava ir embora e que não queria assistir àquela brincadeira. Não falei que estava perturbado, tentei esconder, adotar um ar sereno. Ao voltar para casa, chorei, devastado, entre o desejo que os garotos fizeram nascer em mim e o nojo de mim mesmo, do meu corpo desejante.

Voltei a me encontrar com eles nos dias seguintes. Não falamos do filme imediatamente.

Nos reunimos no galpão, como nos outros dias, para fabricar armas de madeira esculpindo a lenha. Nesse dia, meu primo interrompeu o barulho dos martelos e das serras *Cara, bom o filme do outro dia, né?* (meu coração bate tão forte quando ele diz essas palavras, que tenho a impressão de que cada batida será fatal, que o coração não vai aguentar por muito tempo tais choques), ele continuou: *Pena que a gente não possa fazer a mesma coisa que os atores do filme.* Ele esperou alguns segundos e voltou ao trabalho (seu tronco), então *E também não tem muitas garotas pra gente fazer isso, as garotas são muito travadas aqui* (batida de martelo, batida do coração, batida de martelo, batida do coração; as duas compunham uma sinfonia infernal).

Quando, depois, ele fez a pergunta, ela veio de repente. Minha mãe teria dito *Ela veio como uma vontade de mijar*. Meu primo falou *A gente podia fazer como no filme, as mesmas coisas*. As reações foram menos tímidas do que se poderia esperar dessas crianças que detestavam, segundo diziam, e já aos dez anos, mesmo tendo encontrado poucos, talvez nunca, homossexuais. *Ah, sim, seria legal, a gente ia se divertir muito*. Bruno perguntou onde a gente poderia brincar daquilo, *fazer aquilo*, e depois sugeriu ficarmos no galpão. O sorriso que tinham no rosto não desaparecia, para eles significava a segurança de poderem, a qualquer momento, transformar aquele frágil projeto numa grande piada. Falavam baixo, como se suas palavras fossem explosivos que precisavam manipular com extrema precaução e que poderiam, se aumentassem o tom de voz, destruí-los imediatamente. Meu primo tranquilizava a si mesmo e a nós: a gente ia fazer só uma brincadeira, só uma tarde: *Podemos fazer só pra gente se divertir*. Ele sugeriu que eu roubasse bijuterias da minha irmã mais velha *Eddy, você poderia, seria ainda mais legal, seria algo a mais, você poderia roubar alguns anéis da sua irmã, e aí quem colocar o anel faz o papel da mulher, aquele que seria comido, só de brincadeira, porque sem os anéis a gente pode se confundir, com o anel fica mais real. Com o anel a gente vai reconhecer melhor*.

Eu fiz. Não fui capaz de recusar. Não conseguia mais fingir que estava relutante ou com nojo. Meu corpo não me dava escolha senão fazer tudo o que iam me pedindo. Corri até meu quarto para surrupiar os anéis que minha irmã guardava num porta-joias roxo. Quando voltei, eles ainda estavam no galpão, eu disse *Trouxe os anéis*. *Mostra*, ordenou Bruno. Ele deu um para mim e outro para Fabien. *Vocês dois vão ser as mulheres e Stéphane e eu vamos ser os homens*. Eles não pareciam ansiosos. Pareciam estar prontos para jogar um jogo incomum, arriscado, mas nada além de uma brincadeira de crianças, como nos dias em que Bruno se divertia torturando as galinhas da mãe dele. Eu me lembro de enforcamentos de galinhas com fio de pesca, as galinhas soltando gritos de horror, inomináveis, inimitáveis, galinhas queimadas vivas e até mesmo uma galinha que, durante uma partida de futebol, serviu de bola. Eu me dei conta de que todo o meu ser, todo o meu desejo desde sempre reprimido é que me levavam para aquela situação. Eu ardia de excitação.

Eu me deitei com o rosto no chão ou, mais precisamente, na serragem de madeira que formava um tapete espesso no galpão e que entrava na minha boca por causa de minha respiração, que a aspirava. Meu primo abaixou minha calça e me entregou um dos anéis que eu trouxera *Ah, pega, coloca o anel, senão isso não serve para nada.*

Senti o pênis quente dele nas minhas nádegas e, depois, dentro de mim. Ele me dava indicações, *Se afasta*, *Levanta um pouco a bunda*. Eu obedeci a todas as exigências com a impressão de realizar e de me tornar, enfim, o que eu era. Cada estocada que ele me dava endurecia um pouco mais o meu membro, e, assim, como foi quando viram o filme pela primeira vez, as risadas das primeiras investidas rapidamente deram lugar à imitação dos suspiros dos atores pornô, às falas, que me pareceram, então, as mais belas frases que eu já tinha ouvido, *Pega meu pau*, *Tá sentindo ele bem*. Enquanto meu primo se apossava do meu corpo, Bruno fazia o mesmo com Fabien, a centímetros de nós. Eu sentia o cheiro dos corpos nus e queria tornar aquele cheiro palpável, poder comê-lo para torná-lo mais real. Desejava que fosse um veneno que iria me embriagar e me fazer desaparecer, tendo como última lembrança o cheiro daqueles corpos, marcados por sua classe social, já deixando transparecer, sob uma pele fina e leitosa de criança, a musculatura dos adultos que se tornariam, desenvolvida também por ajudarem os pais a cortar e a estocar lenha, pela atividade física, pelas intermináveis partidas de futebol retomadas a cada dia.

O sexo do Bruno, mais velho do que nós, que tinha naqueles dias uns quinze anos, enquanto nós apenas nove ou dez, era bem maior que o nosso e tinha pelos marrons espalhados. Seu corpo já era o de um homem. Observando-o penetrar Fabien, o ciúme me invadiu. Imaginava que eu matava Fabien e meu primo Stéphane para ter o corpo do Bruno só para mim, seus braços fortes, suas pernas musculosas. Até o Bruno eu imaginava morto, para que não me escapasse mais, nunca, para que seu corpo me pertencesse para sempre.

Foi o começo de uma longa série de tardes em que nos reuníamos para reproduzir as cenas do filme e, logo mais, as cenas de novos filmes vistos naqueles dias. Era preciso tomar cuidado para não sermos surpreendidos por nossas mães, que saíam ao quintal várias vezes por dia para arrancar as ervas daninhas do jardim, colher alguns legumes ou pegar lenha no galpão. Quando uma delas chegava, nós conseguíamos nos vestir e fingir que estávamos brincando de outra coisa.

Um frenesi tomava conta de nós. Não se passava mais que um dia sem que eu encontrasse Bruno, meu primo Stéphane ou Fabien não apenas no galpão, mas em qualquer lugar onde fosse possível, como dizíamos, *brincar de homem e mulher*, atrás das árvores no fundo do quintal, no celeiro do Bruno, nas ruas. Eu não lavava mais as mãos quando estavam impregnadas do cheiro do sexo deles, eu passava horas cheirando-as como um animal. Elas tinham o cheiro do que eu era.

Naqueles dias, a ideia de ser, na realidade, uma menina no corpo de um menino, como sempre me disseram, me parecia cada vez mais real. Aos poucos eu tinha me tornado um invertido. A confusão reinava em mim. Encontrar os garotos todos os dias no galpão para tirar a roupa deles, penetrá-los ou me deixar penetrar me levava a considerar que havia um erro — eu sabia que esses erros existiam. Eu ouvia desde sempre, em todo lugar, que meninas gostavam de meninos. Se eu gostava deles, eu só podia ser uma menina. Eu imaginava ver meu corpo mudar, constatar um dia, com surpresa, o desaparecimento do meu sexo. Eu o imaginava desaparecendo à noite, para dar lugar a um sexo de menina de manhã. Toda vez que via uma estrela cadente, fazia um pedido de não ser mais menino. Não havia uma página no meu diário em que eu não fizesse referência à minha vontade secreta de me tornar uma menina — e o medo, sempre presente também, de que minha mãe descobrisse esse diário.

Um dia, tudo acabou.

Foi minha mãe. Ela não sabia que, indiretamente, iria contribuir para a multiplicação das ofensas na escola, dos socos. Eu estava no galpão com os três. Stéphane estava deitado sobre meu corpo marcado com o sinal da feminilidade pelo anel, que eu usava no indicador. Bruno penetrava Fabien. Minha mãe chegou. Não a vimos, ela vinha com um recipiente de vidro na mão, cheio de grãos para alimentar as galinhas. Quando a vi na nossa frente — tarde demais para perceber a ruptura, naquele segundo em que ela teve que passar do estado de mulher que alimenta galinhas, um gesto mecânico e cotidiano, para o da mãe que vê seu filho de apenas dez anos ser sodomizado pelo próprio primo, ela, que compartilhava as opiniões do meu pai sobre a homossexualidade, mesmo que falasse disso com menos frequência —, quando a vi ela já estava paralisada, não conseguia produzir nenhum som nem fazer qualquer gesto. Ela me olhava fixamente, como se pode imaginar nesse tipo de situação, banal, no fim das contas, a situação da pessoa que descobre, sem esperar, uma cena tão impensável que se sente incapaz de reagir, a boca semiaberta e os olhos saindo da órbita.

Nem ela nem eu fizemos nada por alguns segundos. Então ela soltou o prato de vidro, que se quebrou no contato com a lenha empilhada. Ela não o olhou, não baixou os olhos para o recipiente quebrado como fazemos quando quebramos alguma coisa. Ela não desviava seu olhar do meu, um olhar que nem sei mais o que expressava. Talvez repugnância ou sofrimento, não sei. Eu estava totalmente cegado pela vergonha e pela ideia que me ocorreu espontaneamente, de que ela poderia contar tudo aos outros, ao meu pai, aos amigos dele, às mulheres da cidade, que eu já ouvia dizer *Sempre achamos ele um pouco estranho, o Bellegueule mais novo, não era como os outros, os gestos que fazia quando falava e tudo mais, a gente já sabia que ele tinha alguma coisa de viado.*

Minha mãe saiu sem dizer uma palavra. Vesti a roupa depressa. Queria voltar rápido para casa, um gesto desesperado para convencê-la a não dizer nada aos outros. Suplicar, se fosse preciso.

Tarde demais.

Quando abri a porta, minha mãe estava ali. Tinha a mesma expressão de cinco minutos antes gravada no rosto, como se ele estivesse paralisado e assim fosse ficar pelo resto de sua existência, que o choque o tivesse desfigurado para sempre. Meu pai estava ao lado dela com uma expressão parecida moldando seus traços. Ele sabia de tudo. Ele se aproximou devagar de mim e me deu um tapa vigoroso, com a outra mão segurou minha camiseta tão forte que ela rasgou, o segundo tapa, o terceiro, outro e outro, sempre sem uma palavra. De repente, *Nunca mais faça isso. Não repita nunca mais, ou a coisa vai ficar feia.*

Depois do galpão

Por várias semanas não ouvi mais falar da história do galpão. Eu esperava que ela desaparecesse. No entanto, sua onipresença me destruía: cada olhar que meus pais me dirigiam constituía um aviso, cada entonação deles, cada gesto significavam para mim que era preciso manter silêncio. A ordem de se calar. Nunca mais mencionar aquela história, nunca; falar dela seria uma forma de reproduzi-la.

Quando ela irrompeu de novo, vi que não tinha me abandonado. Eu não esperava que ela ressurgisse. Achava que a vergonha que compartilhávamos, eu, meus pais e meus *amigos*, era tão forte que impediria qualquer um de falar disso e que ela me protegeria. Eu me enganei.

Os dois garotos me encontraram no corredor. Eles não faziam isso todas as manhãs. Alguns dias não vinham: faltavam com frequência, como eu e todos os outros, qualquer pretexto servia para não ir à escola. Às vezes, me acontecia, aterrorizado e principalmente cansado daquele jogo interminável, como se tudo fosse apenas um jogo, de não querer mais participar. Não ir ao corredor, não os esperar mais ali, não receber mais os chutes, como as pessoas que um dia abandonam tudo, família, amigos, trabalho, que escolhem não acreditar mais no sentido da vida que levam. Não acreditar mais numa existência que repousa apenas na crença dessa existência. Então eu ia à biblioteca, mas com medo de vê-los aparecer e preocupado com represálias no dia seguinte.

***

Eles pareciam especialmente nervosos. Eu tinha aprendido a ler as linhas do rosto deles. Eu os conhecia melhor do que ninguém depois de encontrá-los todos os dias naquele mesmo corredor por dois anos. Podia identificar o dia em que estavam mais cansados, o dia em que estavam menos. Juro que algumas vezes, quando um deles parecia triste, eu sentia certa compaixão, me preocupava. Passava o dia me questionando para tentar adivinhar as causas daquele estado. Quando cuspiam na minha cara, eu podia dizer o que tinham comido. Eu os conhecia bem.

Eles sorriram e quiseram saber se o novo boato que circulava era verdade. Essa coisa de que todo mundo falava, que tinha se tornado o assunto mais frequente entre as crianças da escola. Queriam saber — e pareciam mal poder acreditar, de tanto que essa informação era inesperada para eles, de tanto que desejaram alguma coisa do tipo — se, sim, meu primo, meu próprio primo, havia feito comigo o que estava dizendo. *Foi seu primo que te entregou, que contou pra todo mundo*. Ele disse que numa tarde, no galpão, quando ele tinha se isolado pra mijar, eu havia me aproximado dele e tocado em seu pênis com a ponta dos dedos. De acordo com a história dele, que os dois garotos me contavam, eu tinha abaixado minha calça para me esfregar nele e depois me ajoelhado e colocado o pênis dele na minha boca. Contou que enfim tinha me *enrabado*, que eu havia gostado e gritado *como uma garota*, e que eu tinha *levado um anel para fazer papel de menina*.

O ruivo alto apertou meu pescoço para me obrigar a responder depressa. Seus dedos frios na minha nuca, meu sorriso, o medo, a espera da confissão. *Tudo que o meu primo falou é besteira, ele é meio louco, a prova disso é que ele tá na sala de pessoas com deficiência na escola. Eu não sou uma bicha suja*. Não fui convincente. De qualquer modo, seria impossível acalmá-los, mesmo que a história fosse falsa. O que meu primo dissera correspondia exatamente à imagem que faziam de mim. A irritação *Para de mentir, sua bicha, a gente sabe que é verdade.*

Ele não cuspiu no meu rosto. Naquela manhã escarrou na manga do meu casaco um catarro esverdeado, rígido de tão espesso. O baixinho um pouco corcunda fez a mesma coisa na mesma manga (um casaco fino de moletom azul com listras pretas que eu usava no inverno; tinha perdido meu sobretudo e meus pais não conseguiam comprar outro, *Se vira, você não pode ficar perdendo as coisas*). Eles riram. Olhei os catarros grudados no meu casaco, achando que tinham me poupado ao cuspirem ali em vez de no meu rosto. Então o ruivo alto me disse *Come esse catarro, seu viado*. Eu sorri, como sempre. Não porque achasse que estavam brincando, mas esperava que, sorrindo, reverteria a situação, tornando-a apenas uma brincadeira. Ele repetiu *Come esse catarro, seu viado, anda logo*. Me recusei — eu não costumava fazer isso, quase nunca tinha feito, mas não queria comer o catarro, eu vomitaria. Disse que não queria. Um segurou meu braço, o outro a cabeça. Eles puseram meu rosto nos catarros, exigiram *Lambe, viado, lambe*. Pus a língua devagar para fora e lambi os escarros, cujo cheiro invadiu minha boca. A cada lambida eles me encorajavam com uma voz suave, paternal (as mãos seguravam minha cabeça à força), *Muito bem, continua, vai em frente, muito bem*. Continuei lambendo o casaco enquanto me obrigavam, até que os escarros desapareceram. Eles foram embora.

A partir desse dia, os primeiros minutos depois de eu acordar tornaram-se cada vez mais irreais. Eu me sentia bêbado quando acordava. A fofoca se espalhara e os olhares na escola ficaram cada vez mais insistentes. Os *viado* se multiplicaram nos corredores, bilhetinhos encontrados na mochila, *Morre, sua bicha*. Na cidade, onde, até então, eu fora poupado pelos adultos, os insultos surgiram pela primeira vez.

***

Numa noite de verão eu jogava futebol com alguns garotos na estrada: camisetas molhadas de suor e a tensão que reinava durante as partidas improvisadas em que delimitávamos um campo imaginário com as mochilas e os casacos colocados no chão. Eu estava com Stéphane e mais alguns.

Minha incompetência exasperava Fabien, Kevin, Steven, Jordan, os *amigos*, que ficavam nervosos na primeira oportunidade. *Você é irritante fazendo a gente perder, você não serve pra nada mesmo. Na próxima vez não vamos escolher você pro time.* Eu não era o único a quem essas coisas eram ditas. A irritação e as grosserias faziam parte do futebol.

Naquela noite, no entanto, algumas semanas depois de Stéphane ter espalhado a história, inventando uma parte importante, as coisas aconteceram de outro modo. Um deles me disse — frases que eu gostaria de poder esquecer, e, mais ainda, esquecer o gesto do esquecimento, para fazê-las desaparecer totalmente — que seria melhor eu treinar mais futebol do que transar com meu primo, *Seria melhor se você treinasse mais jogar bola do que ser enrabado pelo Stéphane.* Até meu primo riu, o que eu não conseguia entender. Por que Stéphane havia contado aquela história? Por que não tinha medo da vergonha, das gozações? Por que naquela noite em que estávamos jogando futebol juntos, e também em outras noites em que os insultos eram retomados, por que ele também não era objeto do ódio e das ofensas?

Nós éramos dois, quatro na verdade, com Bruno e Fabien. Mas a participação deles nos encontros no galpão nunca era citada. Eu não podia dizer nada, com medo das consequências, e sabia que essa delação seria em vão, que eles teriam, como Stéphane, sido poupados. Seria lógico que ele também fosse tratado como *viado*. O crime não é fazer, mas ser. E principalmente *parecer*.

Se tornar

Eu me lembro menos do cheiro dos campos de colza do que do cheiro de queimado que se espalhava por todas as ruas da cidade quando os agricultores deixavam o esterco se consumir lentamente ao sol. Eu tossia muito por causa da asma. Um depósito se formava no fundo da garganta e no céu da boca, como se o esterco evaporasse e em seguida fosse se reconstituir na minha boca, recobrindo-a com uma fina película cinzenta.

Eu me lembro menos do leite ainda morno, que acabara de ser tirado das tetas da vaca e que minha mãe ia buscar na fazenda em frente a nossa casa, do que das noites em que faltava comida e minha mãe dizia esta frase *Essa noite a gente vai comer leite*, neologismo da miséria.

Não acho que os outros — meus irmãos e irmãs, meus *amigos* — tenham sofrido tanto com a vida na cidadezinha. Eu, que não conseguia ser um deles, tinha que rejeitar tudo daquele mundo. A fumaça era irrespirável por causa dos chutes, a fome era insuportável por causa do ódio ao meu pai.

Era preciso fugir.

A princípio, no entanto, a gente não pensa espontaneamente na fuga, porque ignoramos que existe outro lugar. Não sabemos que a fuga é uma possibilidade. Tentamos, num primeiro momento, ser como os outros, e eu tentei ser como todo mundo.

Quando fiz doze anos, os dois garotos saíram da escola. O ruivo alto começou um curso profissionalizante de pintor e o baixinho um pouco corcunda parou de estudar. Ele esperou fazer dezesseis anos para não ir mais e, assim, não correr o risco de seus pais perderem os auxílios sociais. O desaparecimento deles foi a oportunidade de um recomeço para mim. Mesmo que as ofensas e as gozações continuassem, a vida na escola não foi mais a mesma depois que eles foram embora (uma nova obsessão: não ir cursar o ensino médio no colégio ao qual eu estava destinado, não os encontrar lá).

Eu não devia mais me comportar como me comportei e como tinha me comportado até então. Observar meus gestos quando falava, aprender a tornar minha voz mais grave, fazer atividades exclusivamente masculinas. Jogar futebol com mais frequência, não assistir mais aos mesmos programas de televisão, não ouvir mais os mesmos discos. Todas as manhãs, ao me arrumar no banheiro, eu repetia a mim mesmo esta frase, sem parar, tantas vezes que ela acabava perdendo o sentido, passando a ser apenas uma sucessão de sílabas, de sons. Eu parava e recomeçava: *Hoje vou ser durão*. Eu me lembro disso porque repetia exatamente a frase como se ela fosse um mantra, com estas palavras e exatamente estas palavras: *Hoje vou ser durão* (e choro enquanto escrevo estas linhas; choro porque acho a frase ridícula e horrorosa, essa frase que me acompanhou por vários anos e esteve de algum modo, acho que não estou exagerando, no centro da minha existência).

Cada dia era uma ruptura; não se muda tão facilmente. Eu não era o durão que queria ser. Tinha entendido, no entanto, que a mentira era a única possibilidade de fazer surgir uma nova verdade. Tornar-se outra pessoa significava me ver como alguém diferente, acreditar ser o que eu não era para, aos poucos, passo a passo, me tornar (as reprimendas que virão: *Quem ele acha que é?*).

Laura

Tornar-se um garoto deveria passar necessariamente pelas meninas. Conheci Laura no mesmo ano em que os dois garotos saíram da escola. Ela tinha acabado de se mudar para a casa de uma família adotiva em uma cidade vizinha. Sua mãe decidira abrir mão da guarda dela. Não sei se havia alguma razão especial para isso, talvez ela estivesse, como minha mãe, cansada de ser mãe. Talvez tenha chegado ao auge do cansaço. Laura me dizia apenas *Minha mãe não quer mais saber de mim, eu até queria morar com ela, mas ela não quer mais*.

Laura tinha má reputação na escola. Era dessas meninas de cidade grande — já que tinha crescido numa cidade assim com sua mãe — que, ao chegar a uma cidadezinha, provocava reações hostis por causa do jeito de falar, do comportamento, do modo de se vestir, provocante para moradores do interior. As mulheres que esperavam na frente da escola: *Uma garota tão nova não deveria se vestir assim, não é respeitoso*; as crianças: *A Laura é uma puta*. A rejeição que ela sofria a tornava mais acessível para mim. Eu a escolhi para realizar minha metamorfose.

Eu me aproximei dela primeiramente por intermédio de uma de suas amigas mais chegadas, que morava perto da minha casa. Eu disse a ela que gostava da Laura. Eu sabia como agir. Tudo era muito codificado, já entre as crianças que éramos. O costume recomendava que escrevêssemos cartas, era desse modo que se devia abordar uma menina. Peguei uma folha de papel e rabisquei algumas palavras ou, melhor, uma longa declaração de amor em várias páginas. Concluí com uma pergunta do tipo *Quer sair comigo?* seguida de dois quadradinhos, sob os quais escrevi *Sim* no primeiro e *Não* no outro, tomando o cuidado, num postscriptum, de acrescentar *Assinale a resposta que você quer dar*. Fui até ela, atravessei o pátio e entreguei a carta *Você me diz*. Também essa frase, com a carta, fazia parte dos códigos.

A espera. Ela demorou para responder. Percebi sua hesitação, seus olhos que baixavam quando eu passava perto dela. Foram dias sem um sinal, sem uma palavra. Eu sabia por que ela não respondia. Algumas vezes quis dizer, não apenas dizer, mas gritar para Laura no meio do pátio, em cima de um banco, de uma árvore, não importa, gritar que ela era covarde. Que não queria saber de mim porque aceitar minha proposta significaria compartilhar a vergonha comigo.

Eu insisti. Fiz outras cartas. Ela finalmente aceitou.

Pediu para uma amiga me transmitir em algumas palavras. O encontro foi marcado no pátio interno da escola no fim da tarde, depois da aula e antes que pegássemos o transporte escolar. Era nesse lugar que os casais se encontravam para se beijar todos os dias na mesma hora. No início a inspetora tinha tentado expulsá-los, *Vocês acham que estão onde? Não é pra ficar beijando assim, como se fosse um espetáculo. Aqui vocês estão na escola*, depois ela desistiu.

Laura me esperou. Não estava sozinha. A notícia se espalhou e outros alunos estavam presentes para assistir à cena. Queriam me ver beijar uma menina, ver se tudo era verdade. Eu me aproximei, mudo e trêmulo. Eu a beijei, pousei meus lábios nos dela e depois me dei conta de que ela tentava pôr a língua na minha boca. Deixei. O beijo durou vários minutos — eu contei os segundos, me perguntando quando aquilo ia terminar, se, enquanto menino, eu devia tomar a iniciativa de acabar o beijo, assumir o comando, ou esperar. Ao mesmo tempo, queria que o beijo durasse, queria que os outros vissem, o máximo de olhos possíveis, multidões, hordas de alunos. Queria testemunhas, que eles se sentissem idiotas, envergonhados por terem me afundado na vergonha, que pensassem que tinham cometido um erro absurdo desde o início, que esse erro os desacreditasse e os ferisse. O beijo acabou e fui embora com vontade de correr. Achei aquele exercício repugnante, sujo.

No ônibus, me sentei sozinho e tentei tirar a saliva de Laura e seu cheiro da minha boca, cuspindo discretamente embaixo do banco, passando os dedos nos dentes e na língua para soltar o cheiro incrustado. Pensei em parar tudo. Pensei em dizer a Laura no dia seguinte que não valia mais a pena. Na mesma noite, quando encontrei meu primo Stéphane, ele me perguntou *É verdade que agora você tem uma namorada, que a sua namorada é a Laura, aquela que todo mundo diz que é uma vagabunda?* Percebi na pergunta um tipo de admiração, de cumplicidade viril que eu nunca tinha compartilhado com ele. Era ainda mais valoroso para mim estar com uma *vagabunda*. Ela fazia de mim um machista que entrava no círculo dos garotos-com-quem-Laura-tinha-ficado. Essa conversa com o meu primo me fez mudar de opinião.

Por isso continuei, dia após dia, a me encontrar com Laura antes de pegar o ônibus. Cada vez mais crianças souberam do relacionamento que mantínhamos. Eu a beijava, longos beijos, não mais somente depois da aula, mas também durante o recreio, de manhã quando a encontrava. Eu me deleitava com as perguntas que me faziam sobre nós, ela e eu, nosso *casal*, nossa *história*.

Laura me escrevia cartas que eu tomava o cuidado de deixar nos bolsos das calças para que minha mãe as encontrasse na hora de lavar. Uma noite, à mesa, ela não se conteve. O ritual, no entanto, era não falar durante o jantar, assistir à televisão em silêncio senão meu pai brigava, *Calem a boca, em boca fechada não entra mosca*. Minha mãe: *Então, Eddy, você achou uma namoradinha. Você devia cuidar melhor dos seus bilhetes de amor*. Eu fingia estar incomodado. Na verdade, bem ou mal tentava conter a alegria e o orgulho que ferviam dentro de mim. Eu tinha feito, pelo menos no tempo que aquela noite durou, as dúvidas que assombravam minha mãe desaparecerem. Seu rosto estava iluminado.

Todas as noites eu ficava ao telefone várias horas com Laura, avisando meus pais que não estaria disponível à noite, que não precisavam se preocupar. Meus pais não tinham telefone fixo nem internet, como era o caso da maioria dos moradores da cidade, como ainda é o caso de minha mãe enquanto escrevo estas linhas. Por isso eu era obrigado a ir até a cabine telefônica ao lado do ponto de ônibus para falar com Laura. Era ela quem me ligava do telefone fixo de sua família adotiva.

No ponto de ônibus eu encontrava meus *amigos*. Eles sugeriam que eu me juntasse a eles. Que prazer eu experimentava dizendo que não podia porque tinha que falar com a Laura, *minha mina*, e ficar quatro, cinco horas na cabine telefônica falando com ela enquanto eles estavam ao lado.

Uma vez, enquanto eu beijava Laura no pátio, um calor suave surgiu em meu baixo-ventre. Senti meu pênis endurecer, e quanto mais prolongávamos o beijo, Laura e eu, mais meu pênis enrijecia. Experimentei o desejo: um desejo que se manifestava fisicamente, impossível de imitar, de interpretar. Tive uma ereção, como com os *amigos* no galpão, como os homens nos filmes pornográficos que meu pai via em seu quarto, meu pai, que se retirava explicando *Vou pro quarto ver um filme pornô, não vem me encher o saco*. Eu nunca tinha tido uma ereção com uma menina. Eu via a conclusão do meu projeto: meu corpo havia se dobrado à minha vontade. A gente não para de interpretar papéis, mas existe uma verdade das máscaras. A verdade da minha era aquela vontade de existir de outra forma.

Eu estava curado enfim. No caminho de volta, na volta da escola para casa, repeti a mim mesmo essa constatação vitoriosa como um refrão que eu teria escutado em looping, cada vez mais alto, não apaziguadora, já que, pelo contrário, eu sentia meu corpo cada vez mais exaltado, agitado até. Reencontrando meus pais, esperei que percebessem minha transformação (*curado, curado*). Eu dizia a mim mesmo que talvez o corpo se transformasse de repente, talvez meu corpo de repente tivesse se tornado o de um durão, como o dos meus irmãos. Eu estava convencido de que eles veriam a diferença.

Eles não viram nada.

Lembranças daquele fim de tarde: no ônibus, meu coração tamborilando no peito (*curado, curado*), o ritmo da minha respiração ou, melhor, em vez de chamar de *ritmo da respiração*, um encadeamento de sufocações, as pedrinhas minúsculas que continuavam embaixo da porta de casa produzindo um barulho agudo quando eu a abria. Animado, cumprimentei meu pai *Tudo bem, papai?*

Cala a boca que estou vendo a minha TV.

Revolta do corpo

Cego pela impressão de ter arrancado de mim um mal que até então me parecia incurável, esqueci por algum tempo da resistência do corpo. Eu não tinha considerado que não bastava querer mudar, mentir sobre si mesmo, para que a mentira se tornasse verdade.

Eu estava no pátio da escola com Laura quando Dimitri se aproximou. Ele era um dos durões, dono de um prestígio incomparável graças a seu comportamento: a insolência, as péssimas notas e todo o resto. Ele se dirigiu diretamente a Laura, fingindo não me ver: *Por que você sai com o Eddy, por que você sai com ele se ele é uma bicha? Todo mundo diz que você é a namorada da bicha.* Um sorriso tomou conta do rosto de Laura, não um sorriso para disfarçar a vergonha, eu via isso, mas um sorriso de conivência, para mostrar que não discordava dele, ela sabia de tudo isso, outros já tinham lhe dito. Baixei a cabeça, por um instante com vontade de me desculpar com ela. Dizer que sentia muito em fazê-la compartilhar meu fardo.

Foram momentos como este que me revelaram a armadilha em que eu estava, a impossibilidade de mudar no interior do mundo dos meus pais, na escola.

A última traição do meu corpo aconteceu numa noite em que eu estava na balada com uns *amigos*. Eles eram mais velhos do que eu e já tinham carteira de motorista, disseram *Vamos pra balada conhecer umas meninas, pegar geral.*

Todos tiravam carteira de motorista assim que atingiam a maioridade, achando que ela os liberava do espaço restrito da cidadezinha, que assim poderiam fazer viagens (que nunca fizeram), passeios (nunca mais distantes do que as baladas nos arredores ou a praia a alguns quilômetros).

Muitas vezes eles trabalhavam um verão inteiro na fábrica — quando ainda não eram empregados dela — para conseguirem tirar seu precioso documento. Não viam que, pelo contrário, a carteira de motorista fazia parte, junto com outras coisas, dos fatores que os mantinham ali. Que passariam, a partir de então, simplesmente a beber não mais no ponto de ônibus, mas em seus carros — no quentinho, ouvindo música no rádio. Eu me recusei a tirar a carteira, me recusei a trabalhar um mês na fábrica na qual eu tinha prometido a mim mesmo, afinal, nunca pôr os pés. De qualquer forma, com dezoito anos eu já estaria longe deles.

Naquela noite, a balada — o lugar se chamava Le Gibus — fora invadida por centenas de jovens de toda a região, formando uma enorme massa compacta e movediça que rapidamente devorava todo mundo. Uma pequena celebridade local estava fazendo um show de rap ali. Nessa multidão em movimento — que mais parecia um único bloco, um só corpo imenso, gigante, que se deslocava indolentemente —, os corpos suados se encontravam, se esfregavam uns nos outros. Corpos musculosos, a maioria deles, e impregnados, além da transpiração, do cheiro de loção pós-barba barata que eu também usava.

Eu me aproximei do palco para ver o cantor que tinha conseguido reunir aquela multidão. Consegui, usando o cotovelo, criar um pequeno espaço para mim perto do palco montado para a ocasião. O chão estava grudento por causa dos copos que os garotos bêbados derrubavam ao se movimentar. Havia atrás de mim um homem, bem mais velho, que me ajudou a abrir caminho até ali. Eu era provavelmente a pessoa mais nova da balada, ele tinha se dado conta. Quis me ajudar.

Ele tinha uns trinta anos.

Usava — como muitos garotos da cidade e das cidades próximas usavam em todas as ocasiões, e como eu também usei por bastante tempo — um casaco da marca Airness, que estava bem na moda, um boné virado ao contrário na cabeça raspada e uma corrente imponente em volta do pescoço, dourada. Sua camiseta mostrava a cabeça de um lobo com uma boca imensa. Hoje, ao pensar na camiseta, ela me parece horrível e vulgar. Mas naquela noite me impressionou muito.

Sua respiração era a de um boi, forte, odorífera (o cheiro do *pastis*), e eu a sentia em minha nuca.

O rapper chegou: a multidão se movimentou, se comprimiu em direção ao palco. O corpo do homem foi empurrado contra o meu, colado ao meu, e a cada movimento da multidão nossos corpos entravam em fricção. Estávamos cada vez mais apertados um contra o outro. Ele sorria, incomodado e animado, o corpo irradiando o cheiro de suor.

Percebi sua mudança de estado, seu membro se enrijecer aos poucos e cutucar a parte inferior das minhas costas, quase cadenciadamente, no ritmo da música, cada vez maior e mais ereto. Eu podia adivinhar os contornos com precisão através de sua calça de moletom.

Fui consumido pela febre naquela noite.

Não me mexi para manter o corpo contra o dele, mesmo achando a música insuportável. Depois dessa noite eu a ouvi muitas vezes para tentar reconstituir, pelo menos nos meus sonhos e nos meus pensamentos, a lembrança daquele homem. A letra da música ficou gravada em mim para sempre:

Girl, avec évidence tu m'dis que t'aimes quand j'te donne
le maximum quand ensemble on danse à l'horizontale.
Oh Girl, avec élégance on s'donne du kiff comme personne
jusqu'au summum j'ai succombé à ta beauté fatale
C'est parti pour l'ambiance du samedi soir,
Je repère une jolie jeune fille dans le noir,
J'm'approche d'elle et lui demande ce qu'elle veut boire,
*Elle répond: "Attends on s'connaît pas alors va t'faire voir".**

Chegando em casa, corri para tirar a roupa e me masturbei, com a respiração entrecortada por gemidos irreprimíveis. Eu devia ficar em silêncio: minha irmã dormia no mesmo quarto, na cama de baixo. Meu corpo inteiro, das orelhas à minha nuca suada, passando por cada poro da minha pele, foi sacudido pelo orgasmo.

Depois desse acontecimento, meu corpo não parou mais de se rebelar contra mim, lembrando meu desejo e destruindo todas as minhas ambições de ser como os outros, de também gostar de garotas.

Muitas vezes depois dessa noite, eu me deitava na cama do meu irmão mais velho ou na minha nas noites em que estava sozinho em casa. Meus pais iam à casa dos vizinhos tomar aperitivos que duravam até de madrugada. *Voltamos em cinco minutos, vamos só beber um* pastis *na vizinha*. As garrafas da bebida acabavam e meu pai pegava o carro para ir à mercearia buscar mais garrafas (*Dirijo melhor bêbado do que a seco mesmo*). Ainda

* "*Girl*, obviamente você diz que gosta quando eu te dou/ o máximo, quando a gente dança juntos na horizontal./ Oh *Girl*, com elegância a gente se diverte como ninguém/ até o auge eu sucumbi à sua beleza fatal/ Bora pra balada de sábado à noite,/ Eu reparo numa linda garota no escuro,/ Eu me aproximo e pergunto o que ela quer beber,/ Ela responde: 'Espera, a gente não se conhece, então vai pro inferno'." [N. T.]

assim, minha mãe me telefonava para dizer que eu não devia me preocupar, eles só estavam relaxando um pouco com os vizinhos, *É normal*, dizia, *com o trabalho do seu pai na fábrica e eu, que fiquei limpando a casa o dia inteiro, eu bem que mereço um descanso* (quando meu pai perdeu o emprego — o acidente na fábrica —, minha mãe dizia *Com a faxina que tive que fazer o dia inteiro tendo que aguentar o seu pai sentado na frente da TV sem fazer nada, eu bem que tenho o direito de relaxar um pouco*). Eu não devia me preocupar e podia, se quisesse, preparar meu jantar sozinho com as latas de conserva do armário ou com as batatas fritas do almoço, que era possível requentar. Ela não suspeitava que essas noites em que eles não estavam constituíam espaços preciosos de liberdade para mim.

Meu irmão escondia revistas pornográficas embaixo do colchão. Todo mundo sabia e ele não as escondia de verdade, porque sentia uma espécie de orgulho disso — igual ao meu pai, que deixava no armário da cozinha, para todo mundo ver, os filmes pornôs que Titi e Dédé emprestavam para ele.

Deitado na cama com as revistas, eu encontrava ali fotografias de mulheres nuas, de pernas abertas, mostrando seu sexo úmido, os lábios carnudos às vezes pressionados com a ponta dos dedos para que aparecessem um pouco mais e destacassem o clitóris. Os seios, para mim, eram duas excrescências, duas anomalias, acúmulos de pus que se formavam no corpo de pessoas doentes. Diante dessas mulheres nuas, eu pressionava meu pênis cada vez com mais força, até imitar o movimento de vai e vem da masturbação. Passava horas assim, mobilizando toda a concentração possível, imaginando todo tipo de cena. Meu corpo ficava cada vez mais suado, as roupas grudavam no meu corpo molhado devido aos esforços persistentes. Eu queria, me obrigava a chegar ao orgasmo, mesmo sabendo, e soube disso muito cedo, muito jovem, e até poderia dizer que sempre soube, que nunca nem sequer passou pela minha cabeça outra coisa, que era a visão do corpo de um homem que me perturbava.

Eu não gozava, nunca, e na maioria das vezes meu pênis, por causa da minha insistência, ficava coberto de bolhas e assaduras, dolorido por vários dias.

Última tentativa amorosa: Sabrina

Então Laura terminou comigo por carta. Não aguentava mais compartilhar a vergonha e, sem dúvida, sofria com a distância que eu colocava entre nós, sem me dar conta, ainda que ela não conseguisse explicar isso totalmente. Algumas semanas mais tarde ela conhecerá outro garoto. Um garoto da cidade em que a mãe dela morava e que ela encontraria várias vezes por ano nas férias escolares. Laura me falaria dessas noites com seu novo amante, dos filmes a que assistiriam juntos e dos quais depois reproduziriam algumas sequências, dos dias loucos fazendo amor cinco, seis vezes seguidas, já que se viam pouco, das proezas guerreiras desse Kevin, que tinha quebrado o nariz de outro garoto. *O cara assobiou pra mim e disse Sua gostosa, então o Kevin foi atrás dele e disse Você não vai falar com a minha mina assim, você não vai ser desrespeitoso com ela. O cara respondeu e aí o Kevin quebrou a cara dele na frente de um monte de gente que tava olhando pela janela.*

Ela me mostrava sem querer — ou talvez querendo, mais do que eu pudesse imaginar — o que eu não tinha sido capaz de fazer por e com ela. Nós nunca fizemos amor, eu nunca briguei por ela. Eu era quem levava os socos, não quem dava os socos.

Minha irmã mais velha resolveu me apresentar a uma de suas amigas. Ela disse *Tá na hora de ter uma namorada* e, de fato, eu tinha a idade na qual a maioria dos garotos da cidade saíam com as meninas dali e em que, quase sempre, até começavam um namoro que duraria a vida toda, logo fortalecido pelo nascimento de um ou de vários filhos, o que os obrigaria a abandonar os estudos. Então conheci a famosa Sabrina num jantar organizado pela minha irmã. Do alto de seus dezoito anos, Sabrina era cinco anos mais velha do que eu e, consequentemente, tinha um corpo mais desenvolvido do que o das garotas da escola que eu conhecia. *Além do mais*, ressaltava minha irmã, *com isso você vai poder se divertir*. Eu respondia que gostava de meninas mais velhas do que eu, *bem formadas*, especificava, tendo certeza, na hora em que dava essa resposta, de me colocar numa situação impossível, em que seria necessário, quando estivesse com Sabrina, corresponder a essa imagem que eu passava para a minha irmã e para os outros.

O jantar em questão foi marcado especialmente para proporcionar o encontro. A mãe de Sabrina — Jasmine — estava lá. Jasmine era uma mulher que detestava o marido e que aguardava a morte dele com uma impaciência declarada *Não sei quando ele vai morrer, aquele lá, mas, caramba, como está demorando*. Ela ia todas as semanas a uma vidente, que lhe prometia que em breve ele morreria de uma doença fulminante. Fazia dois anos que eu a conhecia e, no decorrer daqueles dois anos, toda semana ela anunciava num tom solene *Pronto, agora meu marido está no fim, não tem mais muito tempo, mês que vem ele vai morrer*. Ela telefonava para minha irmã e dizia: *Se prepara para estar de luto na semana que vem, acabei de sair da vidente, e ele tem apenas setenta e duas horas de vida*. A maioria das conversas, quando ela jantava em nossa casa, era sobre a morte próxima e irremediável de seu marido, em particular sobre a divisão da pequena herança.

Minha irmã mais velha tinha falado para Jasmine as mesmas coisas que meu pai falava de mim quando eu não estava presente. Ela disse que eu iria estudar e que ficaria rico. Jasmine, querendo fazer um bom investimento para a filha, logo aprovou o negócio.

A cerimônia de apresentação aconteceu. Eu estava diante da minha irmã, de Jasmine, Sabrina e de uma amiga dela, os olhos de todas grudados em mim e na minha aflição por imaginar — ideias absurdas nascem em momentos como esse — que Sabrina poderia pular no meu pescoço de uma hora para outra e tentar me beijar. A excitação palpável que se desprendia daquelas quatro mulheres era proporcional ao meu incômodo, um incômodo que eu tentava disfarçar com uma segurança fingida. Sorri para Sabrina e me exibi de todas as maneiras possíveis, falando de todos os assuntos que conhecia por cima, entre eles a Primeira Guerra Mundial, que eu acabara de estudar na escola, o que agradou Jasmine, que comentava minhas frases, dirigindo-se à minha irmã: *Ele é legal, o seu irmãozinho, gostei dele, ele é diferente.*

Minha irmã, disposta a qualquer coisa para que eu me aproximasse da sua amiga, sugeriu, enquanto tomávamos um aperitivo, que eu desse uma volta com Sabrina. Ela me dirigiu um olhar de cumplicidade, como se fosse um plano que nós dois tivéssemos planejado e que se desenrolaria exatamente como deveria se desenrolar. Respondi com um olhar do mesmo tipo e um sorriso no canto dos lábios.

Descemos até o parque municipal e fomos caminhando. Minha garganta doía de tão seca que estava, travada. Meu coração acelerava, pensando na decepção da minha irmã quando Sabrina lhe contasse que eu não tinha sido capaz de tomar a iniciativa, de me comportar como um garoto de verdade, de seduzi-la, que eu havia ficado ali, imóvel, inerte, passivo como — expressão da minha irmã que eu usava o tempo todo — *um culhão num pântano de asfalto.*

Antes que eu pudesse dizer alguma coisa, Sabrina começou a falar para me incitar a explicar os motivos que me fizeram querer conhecê-la. Eu não quis isso, era mentira da minha irmã. Disfarcei a surpresa quando ela fez a pergunta, consegui dizer algumas platitudes, que eu a achava bonita, que ela fazia *meu tipo*; uma coragem motivada pela certeza de que Sabrina relataria a conversa nos mínimos detalhes às outras garotas, que, assim, iriam me considerar um menino durão. Ela me beijou. Precisou se curvar um pouco para que nossos lábios se encontrassem. O beijo durou muito tempo, eu me sentia sufocar, cambalear. Enquanto nos beijávamos, o esforço necessário para eu não fugir e não deixar escapar um grito de nojo foi ficando cada vez maior. Não podia deixar transparecer minha vontade de acabar com aquilo o mais rápido possível, pois Sabrina poderia contar à minha irmã.

Voltamos de mãos dadas para oficializar, diante das outras convidadas, nossa nova relação. Minha irmã nos cumprimentou, cheia de si: *Os pombinhos estão bem?*, e as outras aplaudiram. Achei um comportamento grosseiro. Costumes, modos de se comportar que tinham feito parte da minha formação e que, no entanto, já me pareciam inapropriados — como alguns hábitos da minha família: andar pelado pela casa, arrotar à mesa, não lavar as mãos antes das refeições. O fato de eu gostar de meninos transformava o conjunto das minhas relações com o mundo, levava a me identificar com valores que não eram os da minha família.

Era como se cada aplauso delas estreitasse as correntes entre mim e Sabrina, mal o relacionamento tinha começado.

Ficou decidido (não sei muito bem por quem) que deveríamos nos encontrar todos os fins de semana na casa da minha irmã, que nos levaria à balada no sábado à noite. Lá, eu deveria sempre caminhar com o braço envolvendo a cintura de Sabrina, minha nova conquista. Queria mostrar aos outros, e a mim mesmo, pois eu me observava e era, de longe, o espectador mais assíduo da minha performance, não apenas o meu amor pelas mulheres, mas também a minha capacidade de seduzir garotas bem mais velhas do que eu.

Jasmine levava Sabrina para a casa da minha irmã antes de irmos para a balada. Elas moravam numa cidade vizinha. Quando chegava, Jasmine sempre me cobria de elogios. Dizia que eu era especial, inteligente, que incentivaria a filha dela a estudar e ganhar muito dinheiro. Sabrina queria ser parteira. Ela se distinguia da maioria das garotas da cidade, que queriam ser cabeleireiras, secretárias de médicos, vendedoras, professoras, no caso das mais ambiciosas, ou mães e donas de casa.

A vontade que Sabrina tinha de fazer um curso superior na área da saúde provocava ao mesmo tempo risos e desprezo.

A Sabrina se acha, fica bancando a madame querendo ser melhor que os outros. Com o tempo, aos poucos, ela baixou suas expectativas, como minha irmã, e passou a querer ser biomédica, enfermeira, auxiliar de enfermagem, enfim, cuidadora (dar remédios e *lavar a bunda dos velhos*, o trabalho da minha mãe).

A repulsa

Na volta da balada eu dormia na casa dos meus pais e Sabrina ficava na casa da minha irmã. A gente se encontrava no dia seguinte de manhã para passear pela cidade e encontrar os meus *amigos* no ponto de ônibus, que ficavam bebendo antes de assistir ao jogo de futebol de domingo.

Minha irmã sugeriu, depois de uma dessas idas à balada, que eu dormisse na casa dela. Sabrina não poderia dormir lá, Jasmine iria buscá-la à noite, porque iriam viajar, e minha irmã não queria ficar sozinha, ela odiava, disse que tinha medo. Aceitei seu convite, claro. Eu gostava de dormir fora de casa: tinha vergonha da casa dos meus pais por causa da fachada deteriorada, do meu quarto úmido e frio que eu odiava, no qual a água se infiltrava quando chovia.

Um dia, uma tempestade muito violenta arrancou a veneziana, que, ao se soltar, quebrou o vidro. Meu pai, depois que eu lhe disse (muito tempo depois; fiquei repetindo todos os dias, por semanas, que a janela estava quebrada), colocou um pedaço de papelão para cobrir o buraco deixado pelo vidro quebrado. Ele tentou me tranquilizar *Não se preocupa, é só o tempo de eu comprar outro vidro, é só esperar, não vai ficar assim pra sempre.* Ele nunca trocou.

O pedaço de papelão logo ficou ensopado. Era preciso substituí-lo com frequência. Mas, apesar dos meus esforços, mesmo tomando cuidado, trocando o papelão, a água se infiltrava no quarto. A umidade invadia as paredes, o piso de cimento, as camas de madeira.

Eu dormia num beliche com a minha irmã, na cama de cima, e tinha que usar a escadinha todos os dias para chegar à minha cama. A cama rangia quando eu subia, mas os rangidos eram normais, eu não me preocupava, sabíamos que era da umidade.

Uma noite, quando eu estava subindo, como todas as noites — sem que se pudesse prever o que ia acontecer, a cama não rangeu como nos outros dias —, senti, enquanto me deitava, a cama vacilar sob meu peso. A água tinha corroído lentamente as ripas do estrado, que, fragilizadas, se quebraram. Aterrissei um metro abaixo, em cima da minha irmã. As ripas quebradas a machucaram. A partir desse dia, minha cama, apesar das gambiarras do meu pai, caía com frequência em cima da cama da minha irmã.

Fiquei feliz, então, por ela ter me convidado para dormir em sua casa, em seu pequeno apartamento recém-reformado.

Fomos à balada, como nos fins de semana anteriores.

Na volta, minha irmã disse que precisava ir encontrar uma amiga. Foi nessa hora que entendi, primeiro porque a história não fazia sentido (encontrar, exausta, uma amiga às cinco da manhã, na volta da balada, quando até as luzes da cidade já estavam apagadas), mas também porque ela me dava umas piscadelas, mostrando que estava mentindo. Ela acrescentou *Assim você e a Sabrina podem ficar aqui, tudo bem, a mãe vem buscar ela amanhã*, e com isso Jasmine não vai precisar pegar o carro no meio da madrugada para vir buscar a filha, e além disso, o principal, nós dois poderíamos dormir na cama da minha irmã enquanto ela estivesse na casa da amiga. Sabrina mal escondeu a cumplicidade com minha irmã e já foi tirando da bolsa escova de dentes, pasta. Todo mundo estava sabendo. Eu era o único que não sabia.

Mais uma vez eu estava preso, horrorizado com a ideia de passar a noite com Sabrina, e preso também na impossibilidade de dizer qualquer coisa, uma palavra que pudesse fazer a minha imagem desabar. Eu sabia o que ela esperava de uma noite comigo — a diferença de idade e suas referências cada vez mais explícitas à vida sexual que não tínhamos.

Devolvi uma piscadela para minha irmã.

Ela saiu.

Sabrina e eu fomos deitar — e não lembro mais como fiz para falar com ela o mínimo possível, olhá-la o mínimo possível entre a partida da minha irmã e a hora em que deitamos. Eu a beijei com a leve repulsa que sempre acompanhava meus beijos. Virei de costas para ela e me afastei, me colocando na outra extremidade da cama, quase caindo.

Ela se aproximou de mim para me beijar de novo. Segurou minhas mãos, colocou-as sobre seus seios e depois escorregou as dela para dentro da minha calça. Ela acariciou meu pênis, que permanecia inerte. Eu não conseguia simular desejo. Tentei pensar em outra coisa para que meu pênis se enrijecesse e Sabrina ficasse tranquila, mas quanto mais eu me concentrava, mais as chances de despertar minha excitação tornavam-se improváveis e distantes. Ela continuou, perseverou sobre meu pedaço de carne coberto, então, apenas por uma penugem loura, o amassou, o torceu em todas as direções. Primeiro imaginei que estava fazendo amor com ela, Sabrina, sabendo que uma imagem dessas não poderia deixar meu membro ereto. Depois imaginei corpos de homens junto ao meu, corpos musculosos e peludos que entrariam em colisão com o meu, três, quatro homens, enormes e brutais. Imaginei homens que segurariam meus braços para impedir que eu fizesse qualquer movimento e introduziriam o pênis deles em mim, um após o outro, tapando minha boca com as mãos para que eu ficasse quieto. Homens que me penetrariam, rasgariam meu corpo como uma frágil folha de papel. Imaginei os dois garotos, o ruivo alto e o baixinho um pouco corcunda, me obrigando a tocar no pênis deles, primeiro com as mãos, depois com os lábios e, enfim, com a língua. Imaginei que eles continuavam cuspindo na minha cara, imaginei seus chutes e ofensas, *bicha*, *viado*, enquanto introduziam seu membro na minha boca, não um de cada vez, mas os dois ao mesmo tempo, me impedindo de respirar, quase me fazendo vomitar.

De nada adiantava. Cada contato de Sabrina com a minha pele fazia com que eu voltasse à realidade do que estava acontecendo, à realidade do seu corpo de mulher, que eu detestava. Aleguei uma crise de asma súbita e violenta. Disse que precisava voltar para casa, para a casa dos meus pais, que eu ia ter uma crise de asma e que era possível, a morte recente da minha avó provava isso, era possível morrer disso.

No dia seguinte, terminei com Sabrina. Ela chorou na minha frente e eu me mantive frio.

Primeira tentativa de fuga

Fracassei, com Sabrina, na luta entre a vontade de ser durão e a vontade do corpo, que me empurrava em direção aos homens, isto é, contra minha família, contra a cidade inteira. No entanto, eu não queria desistir e continuava repetindo, obcecado, a frase, *Hoje vou ser durão*. Meu fracasso com Sabrina me levava a enfatizar meus esforços. Tomava cuidado para deixar minha voz mais grave, sempre mais grave. Evitava agitar as mãos quando falava, enfiando-as nos bolsos para imobilizá-las. Depois da noite que me revelou, mais do que nunca, a impossibilidade de eu me emocionar com um corpo feminino, me interessei mais do que nunca, seriamente, por futebol. Assistia aos jogos na televisão e decorei o nome dos jogadores da seleção da França. Via luta livre também, como meus irmãos e meu pai. E reafirmava cada vez mais meu ódio aos homossexuais, para manter as suspeitas à distância.

Eu devia estar no nono ano, um pouco antes do fim do ensino fundamental. Havia outro menino, ainda mais afeminado do que eu, que tinha o apelido de *Boiola*. Eu o odiava por ele não compartilhar comigo do meu sofrimento, por não querer compartilhá-lo, por não tentar fazer contato comigo. A esse ódio, misturava-se, no entanto, um sentimento de proximidade, de ter afinal, perto de mim, alguém parecido comigo. Eu o observava com um olhar fascinado e várias vezes tentei me aproximar dele (apenas quando estava sozinho na biblioteca, pois não queria ser visto falando com ele). Ele continuava distante.

Um dia em que ele estava fazendo barulho no corredor onde um grupo grande de alunos se reunia, eu gritei *Cala a boca, viado*. Todos os alunos riram. Todo mundo olhou para ele e olhou para mim. Eu tinha conseguido, no momento daquela ofensa no corredor, deslocar a vergonha para ele.

No decorrer dos meses, com a ida dos dois garotos para o ensino médio e seu desaparecimento da escola, e graças à energia que eu gastava para ser um durão, as ofensas rarearam tanto na escola como em casa. Mas quanto mais raras elas ficavam, mais violentas e difíceis de lidar se tornavam, a melancolia que vinha depois durava mais dias, semanas. Os insultos, apesar de menos frequentes, continuaram por muito tempo, a despeito do empenho que eu tinha em me masculinizar, já que se apoiavam não na minha atitude na hora em que era insultado, mas numa percepção sobre mim havia muito tempo fixada na cabeça das pessoas.

A fuga era a única possibilidade que se oferecia a mim, a única que eu podia ter.

Quis mostrar aqui como minha fuga não foi resultado de um projeto meu desde sempre, como se eu fosse um animal louco por liberdade, como se sempre tivesse desejado escapar, mas, pelo contrário, como a fuga foi a última solução possível depois de uma série de derrotas sobre mim mesmo. Como a fuga foi, primeiramente, vivida como um fracasso, uma resignação. Naquela idade, ter sucesso significava ser igual aos outros. Eu tentei de tudo.

Eu não sabia como agir. Tive que aprender. Fala-se da fuga que se torna difícil por causa da saudade ou das pessoas, de condições que nos seguram, mas não por causa do desconhecimento das técnicas de fuga. Eu, primeiro, fui desajeitado e ridículo.

Meus pais faziam churrasco no jardim pouco depois de eu terminar com Laura. Fui para o meu quarto arquitetando meu projeto de ir embora. Meu pai havia acabado de me dar uma bronca porque eu me recusei a manter aceso o fogo do churrasco, com medo de me queimar: *Você é uma mulherzinha mesmo*. No quarto, juntei algumas coisas e enfiei numa mochila. Tinha decidido ir embora para sempre. Não voltar mais.

Meu irmão mais novo chegou. Era pequeno: cinco anos, provavelmente menos. Ele perguntou o que eu estava fazendo e respondi que estava indo embora para sempre, esperando que ele fosse, como costumava fazer, contar aos meus pais. Ele não se mexeu, ficou ali, imóvel. Tentei de novo, repeti, mudando a entonação da voz, procurando fazê-lo entender que eu estava fazendo algo proibido. *Vou embora, vou embora para sempre*. Ele não entendia. Outra tentativa. Sem reação de novo. Acabei lhe fazendo uma proposta que eu sabia que seria decisiva. Ofereci a ele uma recompensa, doces (eu dizia *besteiras*), em troca da delação. Ele saiu do quarto. Ouvi seus passos se distanciando e ele chamando *Papai, papai*. Fui embora correndo, batendo violentamente a porta para que meu pai ouvisse e entendesse que meu irmãozinho falava a verdade.

Corri pelas ruas da cidade com minha mochila — sempre a uma velocidade razoável para que meu pai pudesse me seguir, sentindo sua presença atrás de mim a algumas dezenas de metros. Ele gritou meu nome, depois se calou para não fazer um escândalo que poderia, no dia seguinte, alimentar as conversas das mulheres na frente da escola, virar fofoca. Eu me escondi atrás de um arbusto; meu pai passou pela minha frente sem me ver. Não me viu. De repente fiquei aterrorizado com a possibilidade de ele perder minha pista, me deixar ali. Eu iria passar a noite fora? No frio? O que eu iria comer? O que seria de mim? Tossi bem alto para que ele me ouvisse.

Ele se virou e me viu. Me pegou pelo cabelo, *Você é mesmo um merdinha, um idiota, por que fez isso, seu imbecil*. Ele me sacudiu tão violentamente pelas mangas da minha camiseta que ela se rasgou.

Mais tarde, minha mãe contaria essa história rindo *Puta merda, naquele dia você não reagiu, seu pai te deu uma bela surra.*

Ele me levou para casa me puxando pelo braço, apertando-o com força. Mandou eu ir para o meu quarto, onde chorei e ainda chorava quando ele entrou horas depois. Ele se sentou na cama de baixo. Fedia a álcool (minha mãe no dia seguinte: *E com a sua fuga, a bebida subiu à cabeça dele mais rápido do que o normal, você deixou ele preocupado*). Ele chorou também *Não é pra fazer isso, você sabe que a gente te ama, não é pra tentar fugir assim.*

A porta estreita

Era preciso fugir.

Eu estava no nono ano e era hora de escolher o que faria a seguir. Eu me recusava a ir a Abbeville, para estudar no colégio que me era indicado. Queria ir para longe dos meus pais e não encontrar mais os dois garotos. Chegar a um território desconhecido, dizendo a mim mesmo — esperava isso por causa dos progressos que fizera — que eu não seria mais considerado um viado. Retomar tudo do início, recomeçar, renascer. A arte dramática que pratiquei na escola abriu uma porta inesperada para mim. Investi bastante no teatro. A princípio porque meu pai se irritava com isso e, naquela idade, eu passei a definir todas as minhas atividades em função dele (e principalmente contra ele). Depois porque, tendo algum talento para a comédia, aquele era um espaço de reconhecimento para mim. Tudo o que me fazia ser admirado era bom, *Ah, o menino Bellegueule, a gente racha de rir com ele no espetáculo de teatro de fim de ano*. O orgulho da minha irmã mais velha *Você pode ser o próximo Brad Pitt*.

Lembro que, numa noite, no fim do ano escolar, a gente estava apresentando, no salão de festas perto da escola, uma peça que eu escrevera para a ocasião. Um tipo de cabaré em que os personagens desfilavam no palco para se apresentar, contar sua história, cantar. Eu representava o papel de Gérard, um bêbado sem-teto abandonado pela mulher, que cantava

Germaine, Germaine
Une valse ou un tango
C'est du pareil au même
Pour te dire que je t'aime
*Et que j'aime la Kanterbrau oh oh oh**

Lembro que os dois garotos estavam no salão. No entanto, eles agora cursavam o ensino médio. Tinham vindo provavelmente para assistir a crianças de suas famílias ou só por curiosidade.

Lembro do medo que senti ao vê-los, imaginando que iam me esperar na saída. O salão de festas era pequeno e eu podia ver perfeitamente o rosto deles desenhado na penumbra. Fiz minha apresentação, paralisado, achando que eles poderiam gritar *viado* durante uma pausa, entre duas das minhas réplicas, na frente da minha mãe e de todo mundo. Fui até o fim. Quando terminei, os dois se levantaram, exaltados, gritando *Bravo, Eddy, bravo!*

Eles gritaram meu nome, *Eddy, Eddy*, até serem acompanhados por todos os moradores presentes, cerca de trezentas pessoas que de repente diziam meu nome, batiam as mãos cadenciadamente e me lançavam olhares maravilhados. Foi difícil restabelecer a calma. Na hora dos agradecimentos, quando voltei com todos os membros do grupo de teatro, eles mais uma vez gritaram meu nome. Eu não os vi depois, no fim da apresentação. Acho que foi a última vez na vida que vi aqueles garotos.

A diretora da escola veio conversar comigo na saída de uma aula para me falar do colégio Madeleine-Michelis, em Amiens,

* "Germaine, Germaine/ Uma valsa ou um tango/ é mais ou menos a mesma coisa/ para te dizer que te amo e que amo a Kanterbrau [uma marca de cerveja] ha ha ha." [N.T.]

a maior cidade da região, aonde eu quase nunca tinha ido, por medo. Meu pai sempre me disse e repetiu que lá havia muitas pessoas de cor, pessoas perigosas *Em Amiens só tem negro e árabe, magrebinos, você vai achar que está na África. Você não pode ir lá, com certeza vai ser assaltado.* Ele repetira desde sempre essas frases e, mesmo eu respondendo que ele era racista — tudo para contradizê-lo, ser diferente dele —, seu discurso acabava semeando a confusão em mim.

O colégio Madeleine-Michelis oferecia uma formação em arte dramática junto com o ensino médio. Era preciso fazer uma prova para ser aceito, assim como apresentar documentos e passar por uma audição. Quando a diretora, a sra. Coquet, me sugeriu tentar essa instituição, eu nunca tinha pensado em cursar o ensino médio e menos ainda com uma formação. Ninguém fizera isso na minha família, quase ninguém na cidade a não ser os filhos dos professores, do prefeito ou da gerente da mercearia. Falei com a minha mãe: ela mal sabia do que se tratava (*Agora ele vai fazer vestibular, o intelecto da família*).

Ensaiei com a filha da diretora, uma jovem atriz, para preparar a cena que apresentaria na audição. A mãe dela tinha permitido que eu não fosse às aulas e que usasse à vontade uma sala. Eu estudava até a exaustão. Para não deixar escapar essa chance de ir embora. O colégio dispunha de um alojamento, uma forma de me afastar ainda mais da cidadezinha.

Minha mãe tinha me avisado: *Você vai pro seu colégio de teatro só se o alojamento for de graça, porque a gente não tem como pagar, senão você vai pra Abbeville, colégio é tudo igual.* E meu pai *Tô entendendo por que você não quer ir para Abbeville igual a todo mundo, você tem sempre que ser diferente dos outros.*

Não foi fácil convencer meu pai a me levar à estação no dia da audição. *Gastar gasolina pras suas besteiras de teatro, sinceramente, não vale a pena.* A estação ficava a uns quinze quilômetros da cidade. Por vários dias ele me disse que não me levaria, não adiantava eu esperar. Na véspera, mudou de ideia *Amanhã não esquece de colocar o despertador, vou te levar na estação.*

Era uma coisa que ele fazia com frequência, dizer *não* até o último minuto e enfim ceder, satisfeito por ter me visto soluçar, implorar por horas. Ele sentia prazer com isso. Quando eu tinha sete ou oito anos, ele deu — sem razão aparente — meu bichinho de pelúcia para os filhos do vizinho, aquele com o qual eu dormia e que me acompanhava sempre, como as crianças em geral têm. Chorei e fiquei endiabrado, correndo pela casa, reclamando. Ele me olhava e sorria. Em 31 de dezembro de 1999, no Réveillon, ele me contou que à meia-noite um asteroide se chocaria com a Terra e que todos nós íamos morrer, sem qualquer chance de sobrevivência. *Aproveita bem a vida porque daqui a pouco tempo a gente vai estar mortos.* Chorei a noite toda. Eu gemia, não queria morrer. Minha mãe interveio, dizendo que ele não podia fazer aquilo comigo na noite do Ano-Novo, me deixar morrendo de pena de mim mesmo, jogado pela casa e impedir que eu aproveitasse a virada do milênio. Ela tentou me tranquilizar *Olha, seu pai está falando besteira, vem assistir televisão com a gente, a gente vai ver a Torre Eiffel.* Não fazia a menor diferença, eu só dava crédito para a palavra do meu pai, para o homem da casa. Naquela noite a risada dele ressoava pela sala.

Na manhã seguinte, ele passou na frente do meu quarto meia hora antes do combinado, *Vamos, anda logo. Se você estiver adiantado, você fica esperando na estação.* Corri ao banheiro para me arrumar. Não escovei os dentes. Meu pai não estava no banheiro, ele não tomava banho de manhã. Vestiu uma camiseta, uma calça e jogou água no rosto, depois acendeu um cigarro e se sentou na frente da televisão para ver as notícias ou o canal de vendas.

Uma vez no carro, tínhamos ao todo cerca de uma hora para andar quinze quilômetros. Não dissemos nada um ao outro. Pedi a ele que ligasse o rádio, para dissipar o incômodo provocado pelo silêncio. Ele conhecia e entoava todas as canções da estação de música francesa. Algumas vezes, entre uma canção outra, ele recomeçava: *Me tirar de casa a essa hora pra essa bobagem de teatro, sinceramente...* (Minha mãe: *Seu pai reclama o tempo todo, mas não liga, não é por mal. Ele reclama pra se distrair, porque não sabe fazer outra coisa.*)

Na estação, ele me mandou descer, depois reconsiderou e me disse para esperar. Meus olhos nele, a surpresa, a espera por uma observação desagradável. Ele remexeu nos bolsos e tirou uma nota de vinte euros. Eu sabia que era muito, muito mais do que ele podia e conseguiria me dar. Ele disse que eu ia precisar, *Você vai precisar comer na hora do almoço. Não quero que você passe vergonha na frente das pessoas e que seja diferente das pessoas, com menos dinheiro. Gasta tudo no almoço, não precisa trazer o troco, não quero que você seja diferente das pessoas. Mas presta atenção, isto é o mais importante, porque a cidade tá cheia de árabes. Se um deles olhar para você, baixe os olhos, não banque o esperto, não queira se impor, porque essa gente sempre tem primos e irmãos em algum lugar, que tão de olho, e se você brigar, depois eles vêm pra cima de você em grupo e aí você tá morto. Se um deles te pedir dinheiro, entrega tudo. A carteira, o celular, tudo. É a sua saúde que importa. Agora vai, e tenta não ser eliminado na audição.*

Eu tomei o trem para Amiens. Estava nervoso e esperava ver surgir, a cada parada, um grupo de árabes que viria para cima de mim para roubar os meus objetos pessoais.

Para chegar ao colégio Michelis, caminhei muito rápido, com a cabeça baixa. Cada vez que via um negro ou um árabe na mesma calçada que eu — e nem eram tantos —, sentia o medo tomar conta de mim.

Havia outras pessoas esperando no corredor com os pais. Eu me sentia feliz por estar sozinho, me sentia mais adulto — e ao mesmo tempo ficava triste, com inveja daqueles jovens que tinham uma cumplicidade forte com a família. Achei que seus pais também pareciam adolescentes quando falavam com os filhos, como se a suavidade da condição de vida deles fosse medida pela suavidade de sua personalidade.

Um homem alto de cabelo branco saiu da sala de audição e chamou meu nome, *Bellegueule, é sua vez*. Os outros riram. Até os adultos. Bellegueule, bela fuça. Era a primeira etapa da seleção, antes da apresentação da cena que eu havia preparado. Era preciso responder perguntas sobre teatro e sobre os motivos pelos quais eu queria entrar no colégio. Pensei em todas as minhas respostas muito tempo antes: a paixão pelo teatro, a importância da arte na nossa sociedade e na História, como arejava as ideias. Trivialidades.

O professor que fazia as perguntas, o homem de cabelo branco, Gérard, que se tornaria meu professor de teatro depois da minha admissão, não viveu toda essa conversa da mesma forma que eu. Dois anos depois ele me confessaria — com a doce ironia que o caracterizava — que supliquei a ele para me aceitar no colégio. Que fiquei quase de joelhos diante dele. Ele me imitou *Por favor, senhor, me tire de lá. Piedade, piedade*. Ele disse que eu não parei de sorrir. Ele não achou isso natural, mas foi tocado pelo desejo intenso ou, melhor, pelo desespero, que se desprendia dali. Disse que foi assim também na segunda etapa da seleção, quando apresentei a cena. *Havia sempre alguma coisa suplicante na sua voz, sempre.*

Durante a audição, conheci um garoto chamado Fabrice. Nós conversamos e prometemos que seríamos amigos no início das aulas, se fôssemos admitidos. Fabrice assombrou meus pensamentos o verão inteiro. Na realidade, eu pensava menos em Fabrice do que na possibilidade de constituir um círculo de amigos em Amiens, amigos como um garoto de verdade, e não mais amigas.

Por todo o verão esperei a carta com a decisão do colégio. Ela não chegou. Meus pais garantiam não ter recebido nada *Você já tá enchendo.*

Nada. Fiquei desesperado. Acabei me conformando: eles nem tinham se dado ao trabalho de avisar da minha não admissão. Passava noites sem dormir, imaginando que eu teria que ir ao colégio de Abbeville, encontrar os dois garotos e reviver as mesmas cenas de quando estava na escola.

Eu considerava parar de estudar.

Depois de um jantar com meus pais, no começo ou meio de agosto, enquanto eu assistia à TV no meu quarto, meu pai me chamou na sala.

Ele declarou que tinha recebido uma carta fazia cerca de um mês. E que até agora não tinha pensado em me mostrar. Falou num tom brincalhão, para indicar que o que dizia não era verdade, ele tinha escondido a carta para me fazer sofrer o verão inteiro.

Peguei a carta: *Sr. Bellegueule, o colégio Madeleine-Michelis tem o prazer de anunciar...*

***

Saí correndo imediatamente. Apenas a tempo de ouvir minha mãe dizer *O que ele tá fazendo, esse estúpido?*

Eu não queria ficar perto deles, me recusava a compartilhar aquele momento com eles. Eu já estava longe, não pertencia mais àquele mundo, a carta dizia isso. Fui para as plantações e andei boa parte da noite, o frescor do Norte, os caminhos de terra, o cheiro da colza muito forte naquela época do ano.

Toda a noite dedicada à elaboração da minha nova vida longe dali.

Epílogo

Algumas semanas mais tarde,
Vou embora.
Eu me arrumei para o colégio
Não com uma mala grande,
mas com uma bolsa esportiva que tinha pertencido ao meu irmão e depois à minha irmã.
As roupas também, a maioria pertenceu sucessivamente ao meu irmão e à minha irmã, algumas a meus primos.

Chegando à estação,
o medo dos negros e dos árabes se atenuou.
Queria já estar longe do meu pai, longe deles
e sei que isso começava com a inversão de todos os meus valores.

O alojamento não é no colégio Michelis.
É mais longe, no sul da cidade.
Um pouco mais de dois quilômetros
Eu não sabia disso, cheguei ao colégio com minha bolsa esportiva azul-marinho e o diretor, o sr. Royon, riu
Ah não, meu querido, o alojamento fica do outro lado da cidade. Precisa pegar um ônibus, a linha 2.

Minha mãe não tinha me dado dinheiro para o ônibus.
Ela também não sabia
Caminhei pela rua

Ia parando os passantes
Por favor, por favor, onde fica...
Eles não respondem
Vejo irritação e ansiedade no rosto deles.
Acham que eu vou pedir dinheiro.

Encontro enfim o alojamento —
os dedos vermelhos, quase sangrando por causa dos quilômetros que percorri carregando minha mala, minha bolsa.
Lembro agora, havia até um travesseiro em um saco plástico que eu levava embaixo do braço.
Devem me achar ridículo ou pensar que sou um sem-teto

No alojamento me avisam que vou ficar sozinho no quarto, separado dos outros residentes.
Verei pouco os outros residentes.
O alojamento é de outro colégio, que aceitou me receber.
Eufórico demais para ficar decepcionado
Digo a mim mesmo que vou conhecer meus amigos no colégio, que o alojamento não importa, é só um meio para fugir um pouco mais

A volta às aulas,
A solidão,
Todo mundo se conhece aqui, vieram das mesmas escolas.
No entanto eles se dirigem a mim
Vamos almoçar juntos? Como você se chama, Eddy?
É um nome engraçado Eddy, é um diminutivo, né?
Seu verdadeiro nome não é Édouard?
Bellegueule, é estranho se chamar Bellegueule, as pessoas não ficam rindo o tempo todo?
Eddy Bellegueule, caramba, Eddy Bellegueule deve ser horrível se chamar assim

***

Descubro —
alguma coisa de que já desconfiava,
que passou pela minha mente.
Aqui os garotos se cumprimentam com beijos,
não apertam as mãos
Usam bolsa de couro
Têm modos delicados
Todos poderiam ser chamados de *viados* na escola
Os burgueses não usam seu corpo da mesma forma
Não definem sua virilidade como meu pai, como os homens da fábrica
(isso será bem mais visível na École Normale, aqueles corpos femininos da burguesia intelectual)

E digo a mim mesmo quando os vejo, no começo
Digo a mim mesmo
Mas que bando de viados
E também o alívio
Eu talvez não seja viado, não como achei que fosse,
talvez eu sempre tenha tido um corpo de burguês aprisionado no mundo da minha infância

Não encontro Fabrice, que está em outra classe,
mas não me preocupo, não era ele que eu queria, não sua pessoa, mas a figura que ele representava.
Eu me aproximo de Charles-Henri, ele se torna meu melhor amigo, passo meu tempo com ele
Falamos de garotas

Na nossa classe as pessoas dizem
Ah, Eddy e Charles-Henri, sempre juntos
Eu me deleito ouvindo isso

Queria que eles dissessem ainda mais, ainda mais alto,
que fossem à cidadezinha.
e dissessem, para todo mundo ouvir
Eddy tem um melhor amigo, um garoto
Eles falam de meninas, de basquete
(Charles-Henri me ensinava)
Eles até jogam hockey

Sinto, no entanto, que Charles-Henri tende a me escapar
Ele se diverte muito mais com os outros garotos,
os que também praticam esporte desde sempre
que tocam instrumentos como ele
Que com certeza falam melhor das garotas
É uma luta manter sua amizade

Uma manhã,

foi em dezembro, dois meses depois do início das aulas

Há alunos usando gorros de Papai Noel

Estou com o casaco comprado especialmente para meu ingresso no colégio

Vermelho e amarelo gritante, da marca Airness. Eu estava orgulhoso demais de comprá-lo, minha mãe disse

ela também orgulhosa

É seu presente de colégio, isso custa caro, foi um sacrifício pra comprar para você

Mas assim que cheguei ao colégio vi que ele não correspondia às pessoas daqui, que ninguém se vestia daquele jeito, os garotos usavam sobretudos de adultos ou casacos de lã, como os hippies

Meu casaco era motivo de risadas

Três dias depois eu o joguei no lixo, envergonhado.

Minha mãe chora quando minto para ela (*eu o perdi*).

* * *

Estamos no corredor, na frente da porta 117, esperando a professora, a sra. Cotinet.

Alguém chega,

Tristan.

Ele me interpela

E aí, Eddy, você continua viado?

As pessoas dão risada.

Eu também.

Grafia atualizada segundo o Acordo Ortográfico da Língua Portuguesa de 1990, que entrou em vigor no Brasil em 2009.

capa
Luciana Facchini
foto de capa
Daria Piskareva
preparação
Ciça Caropreso
revisão
Érika Nogueira Vieira
Jane Pessoa

1ª reimpressão, 2025

Dados Internacionais de Catalogação na Publicação (CIP)

Louis, Édouard (1992-)
O fim de Eddy / Édouard Louis ; tradução Marília Scalzo. — 1. ed. — São Paulo : Todavia, 2025.

Título original: En finir avec Eddy Bellegueule
ISBN 978-65-5692-886-9

1. Literatura francesa. 2. Romance. 3. Ficção contemporânea. I. Scalzo, Marília. II. Título.

CDD 843

Índice para catálogo sistemático:
1. Literatura francesa : Romance 843

Bruna Heller — Bibliotecária — CRB 10/2348

todavia
Rua Fidalga, 826
05432.000 São Paulo SP
T. 55 11 3094 0500
www.todavialivros.com.br

fonte
Register*
papel
Pólen natural 80 g/m²
impressão
Geográfica

FSC
www.fsc.org
MISTO
Papel | Apoiando o manejo florestal responsável
FSC® C019498